Karola Götz-Wittekind
Der Sarg unter'm Weihnachtsbaum

W0069207

Karola Götz-Wittekind

Der Sarg unter'm Weihnachtsbaum

und andere bemerkenswerte Geschichten

edition fischer

Bibliografische Information der Deutschen Nationalbibliothek:
Die Deutsche Nationalbibliothek verzeichnet diese Publikation in der
Deutschen Nationalbibliografie; detaillierte bibliografische Daten sind
im Internet über http://dnb.dnb.de abrufbar.

© 2022 by edition fischer GmbH
Orber Str. 30, D-60386 Frankfurt/Main
Alle Rechte vorbehalten
Schriftart: Baskerville 11 pt
Herstellung: ef/bf/1B
ISBN 978-3-86455-650-0

Nenne Dich nicht arm,
weil Deine Träume nicht in Erfüllung gegangen sind,
wirklich arm ist nur,
wer nie geträumt hat.

Marie v. Ebner-Eschenbach

Inhalt

Der Sarg unter'm Weihnachtsbaum

Ein Betreuer brachte den jungen Mann, nennen wir ihn »David«, so wie jede Woche zu ihrem Singkreis. Der Frau fiel auf, dass Davids Schuhe verschmutzt waren. Auf ihre Nachfrage bekam sie die Antwort, dass er sich vormittags übergeben habe und das Malheur auf seinen Schuhen wohl übersehen worden sei.

Es war Adventszeit, ein paar Tage vor Weihnachten. Bei dem Lied: »Brenne an Dein Licht … « zündete die Frau für jeden der Anwesenden ein Teelicht an, legte dieses in einen Becher und gab es an die Teilnehmer weiter. Dann löschte sie das elektrische Licht und gestaltete den Rest der Stunde im Schein der Kerzen mit Liedern zum Advent. David schaute äußerst konzentriert und aufmerksam in sein Kerzenlicht, ohne sich zu räuspern, zu husten oder zu schniefen, wie man es sonst von ihm gewohnt war. Ja, es war bemerkenswert, dass er den Becher nicht mehr aus der Hand gab und eine Stunde lang sich über das Kerzenlicht zu freuen schien.

Zwei Tage später suchte die Frau Davids Gruppe am Nachmittag auf, um Weihnachtsgeschenke für ihn und seine Mutter abzugeben. Er würde am Wochenende zu seinem Weihnachtsurlaub nach Hause fahren und könnte diese mitnehmen. Als sie an der Gruppentür läutete, öffnete ihr ein Betreuer wortlos mit bleichem Gesicht. Die

Frau gab die Geschenke ab und erkundigte sich nach David. Daraufhin bekam sie die Auskunft, dass dieser auf dem Weg ins Krankenhaus sei. Erschrocken fragte die Frau, zu welchem Krankenhaus er gebracht worden sei und machte sich augenblicklich auf den Weg.

Dort angekommen ging sie sogleich zur Notaufnahme und sah einen von Davids Betreuern im Flur sitzen. Dieser wirkte äußerst verstört und schaute die Frau mit weit aufgerissenen Augen an. Auf ihre Frage nach David bekam sie die Antwort, dass dieser auf dem Weg in die Klinik gestorben sei. Er zeigte dann mit dem Finger auf eine Tür und sagte nur: »*Dort.*« Sofort öffnete die Frau die Tür und betrat den Raum. Bestürzt stand sie an der Seite des Verstorbenen. Sein plötzlicher Tod kam völlig überraschend. Sie betrachtete ihn erstaunt. David wirkte entspannt, ja, ein kleines Lächeln umspielte seinen Mund. Er schien vor seinem Ende weder Angst noch Schmerz gespürt zu haben.

In diesem Moment sah die Frau ihn wieder vor sich, als sie ihn vor vielen Jahren zum ersten Mal getroffen hatte. David war damals neu in ihre Gruppe gekommen. Er war gerade neun Jahre alt geworden und lebte in seiner eigenen Welt. Sein einziges Interesse war, an alle möglichen Gegenstände zu klopfen und dem Klang zu lauschen, den er dadurch erzeugte. Alles Geschehen um ihn herum schien ihm gleichgültig zu sein. Ob man ihm Nahrung gab, ihn wusch, an- oder auszog, das alles kümmerte ihn nicht. Er kommunizierte auf keinerlei Weise mit seiner Umwelt.

David war eine auffällige Erscheinung. Kleinwüchsig, die rechte Körperseite missgebildet. Ein Bein zu kurz und zu dünn, fehlende Fingerkuppen, das Auge verwachsen. Zudem war sein Kopf zu groß. Doch die Frau hatte ihn schon bald in ihr Herz geschlossen und nannte ihn zärtlich »Mein kleiner Glöckner von Notre Dame«. Es fehlte nur das Buckelchen.

Im Laufe der Zeit hatte sie es geschafft, David in seiner Welt zu erreichen. Er öffnete sich langsam immer mehr und entdeckte mit ihr seine Umgebung neu. Letzten Endes war er als Erwachsener sogar fähig gewesen, in einer beschützenden Werkstätte zu arbeiten.

Mit den Jahren hatte sich auch ein Freundschaftsverhältnis zu Davids Mutter entwickelt, denn die Frau hatte deren Sohn vom neunten bis zum einundzwanzigsten Lebensjahr in der Fördereinrichtung betreut. Danach sah sie ihn einmal wöchentlich in ihrem Singkreis und manchmal hatte sie ihn auch am Wochenende bei sich. Oh Gott, die Mutter …!

Der Gedanke an diese riss die Frau aus ihren Erinnerungen. Sogleich ging sie auf den Flur hinaus und fragte den dort noch unter Schock sitzenden Betreuer, ob die Mutter über den Tod ihres Sohnes informiert worden sei. Er gab ihr zur Antwort, dass dies wohl schon geschehen wäre. Außerdem wüssten inzwischen auch alle anderen Betreuer/innen von Davids Ableben.

Die Notaufnahme schien wie ausgestorben. Deshalb machte die Frau sich auf die Suche nach einer Schwester. Als sie endlich eine antraf, bat sie diese um eine Kerze, die sie bei dem Verstorbenen anzünden wollte. Die

11

Schwester erklärte, dass es keine Kerzen in der Notaufnahme gäbe. Es wäre sowieso eine Ausnahme, dass Leute zum Verabschieden eines Toten zu ihnen auf Station kommen dürften. Man mache bei David eine Ausnahme, da sein Leichnam am nächsten Tage in seinen Heimatort überführt werden solle. Dann lenkte die Schwester ein und sagte wortwörtlich, sie wolle mal in die Kapelle gehen und schauen, ob sie dort eine Kerze »klauen« könne.

Die Frau ging zurück zu David. Es dauerte nicht lange und nach und nach trafen der Leiter und die Betreuer/innen von Davids Wohnheim ein. Alle waren tief von dessen plötzlichem Tod betroffen und drückten sich verunsichert an der Wand entlang. Die Frau lud jeden, der neu ankam, ein, an die Seite des Verstorbenen zu treten und Abschied von ihm zu nehmen. Jeder im Raum wartete voll Spannung auf das Eintreffen der Mutter. Diese war selbst schwer krank und erst vor ein paar Tagen aus einer Klinik entlassen worden. Wie würde sie den unerwarteten Tod ihres Sohnes aufnehmen, wie sollte sie dieses Geschehen verkraften?

David war ihr einziges Kind. Sie war mit 18 Jahren damals schwanger geworden. Als sie wegen einer Bronchitis starke Antibiotika einnehmen musste und auch geröntgt wurde, hatte sie keine Ahnung, dass sie zu diesem Zeitpunkt ein Kind austrug. Man erklärte sich Davids starke Behinderungen später mit diesen medizinischen Maßnahmen. Nach seiner Geburt hatten ihm die Ärzte keinerlei Überlebenschancen gegeben. Nichtsdestotrotz nahm die junge Mutter ihr Kind mit großer Liebe an und kämpfte stets mit einem Löwenherzen für dessen Wohlergehen.

Vier Stunden nach der Todesnachricht traf die Mutter ein. Sie hatte einen knallroten Mantel an, stürmte durch die Tür, ging, ohne jemanden zu beachten, direkt zu ihrem Sohn, rüttelte ihn an den Schultern und sagte sehr bestimmt: »*David, steh auf, die Mama ist da, wir gehen jetzt nach Hause.*« Alle Anwesenden erstarrten bei diesen Worten und schauten sich entsetzt an. Was redete die Mutter nur? David war tot! Doch diese ließ nicht ab, ihren Sohn immer wieder zu schütteln und ihn aufzufordern, er solle jetzt aufstehen und mit ihr nach Hause gehen.

Daraufhin ergriff die Frau die Handgelenke der Mutter und zwang sie mit festem Griff, ihr ins Gesicht zu schauen. »*Hör mir zu*«, sagte sie, »*David ist gestorben, schau ihn an, er atmet nicht mehr, er hört dich nicht mehr, er kann nicht aufstehen und mit dir gehen.*« Die Mutter schien nicht verstehen zu wollen, daraufhin wiederholte die Frau eindringlich ihre Worte immer wieder, bis die Mutter dann doch langsam zu begreifen schien, dass ihr Sohn von dieser Welt gegangen war.

Plötzlich schien sie einen Hebel in ihrem Kopf umzulegen, denn sie forderte nun sehr bestimmt, dass David sofort aus dem Zimmer der Notaufnahme in die Kapelle der Einrichtung, in der er gelebt hatte, verlegt werden solle. Der Leiter des Wohnheimes verwies auf die Aussage des diensthabenden Arztes, der schon längst darauf drängte, dass der Verstorbene endlich in den Kühlraum des Kellers gebracht werden solle. Darauf entgegnete die Mutter heftig, sie werde dies auf keinen Fall erlauben.

Als der Arzt dann selber mit ihr sprechen wollte, blieb sie bei ihrem Ansinnen und fing an, herumzubrüllen.

Die Frau wandte sich nun an den Arzt und sagte ihm, wenn er sich weigere, dem Vorhaben der Mutter zu entsprechen, dann könne er gleich ein Bett auf der Intensivstation für diese vorbereiten, denn durch ihre Erkrankung sei sie bei großer Aufregung selbst in Lebensgefahr.

Daraufhin gab der Arzt nach und David wurde kurz vor Mitternacht in die Kapelle seiner Wohnstätte überführt. Das Bestattungsinstitut hatte zum Glück keinen Zinksarg, sondern gleich einen schlichten Holzsarg mitgebracht.

Die Nacht in der Kapelle zeichnete sich durch eine heilige Stille aus. Man hatte Kerzen entzündet und für die Mutter und die Frau eine Matratze zum Niederlegen gebracht. Doch immer wieder stand die Mutter auf, ging zum Sarg, flüsterte mit ihrem Sohn, zupfte an seiner Kleidung herum und ordnete seine Haare. Gegen Morgen sagte sie, dass ihm kalt wäre und legte ihm ihren roten Mantel auf den Leib. Da lag er nun gebadet in der kraftvollen Farbe des Lebens und hatte dieses leise Lächeln um den Mund.

Im Laufe des Vormittags kamen viele Menschen in die Kapelle, um am offenen Sarg Abschied von David zu nehmen. Es gab berührende Szenen; eine Mitbewohnerin stützte sich mit ihren Armen auf den Sarg und schaute unverwandt lange Zeit in Davids Gesicht. Ein Werkstattkollege war an der Konstruktion des Sarges selber stark interessiert und untersuchte diesen gründlich von außen. Außerdem wollte er wissen, ob es jetzt Kaffee und Kuchen gäbe. Einige Bewohner brachten Weihnachtssterne und Kugeln mit und legten diese zu David in den Sarg. Viele sprachen darüber, was sie alles mit ihm erlebt hatten.

Die Frau aber ging nach Hause und packte ihren Koffer für die nächsten Tage. Es war für sie selbstverständlich, die Mutter zu begleiten. So fuhren sie gegen Mittag los, hinter ihnen das Fahrzeug des Bestattungsunternehmens mit Davids Sarg. Es war kurz vor Weihnachten, die Autobahn war voll und sie hatten einen weiten Weg vor sich. Es nieselte und schneite zwischendurch und so dauerte es nicht lange und sie standen im ersten Stau. Dann ging es nur noch schrittweise voran. Letztendlich kamen sie erst am späten Abend an.

Die Mutter hatte in der Nacht zuvor noch eine Freundin instruiert, zuhause den Weihnachtsbaum im Wohnzimmer aufzustellen und diesen zu schmücken, denn David sollte unbedingt noch unter dem Weihnachtsbaum stehen und Weihnachtsstimmung erleben dürfen.

Als sie endlich nach Stunden ankamen, leuchtete ihnen der Weihnachtsbaum bereits durch das Fenster entgegen. Die Freundin hatte gute Arbeit geleistet und diesen, schön geschmückt, in einer Ecke des Wohnzimmers aufgestellt. Alle Kerzen waren angezündet und alles war festlich vorbereitet. Die Oma von David wartete auch schon an der Tür auf die Ankunft ihres Enkels. Nun musste nur noch der Sarg ins Haus gebracht werden.

Der Mann vom Bestattungsinstitut wies allerdings darauf hin, dass David eher auf den Friedhof ins Leichenhaus überstellt werden solle, doch mit diesem Vorschlag stieß er bei der Mutter auf große Empörung. So ergab er sich in sein Schicksal. Nachdem er sich im Haus umgeschaut hatte, erklärte er dann ganz sachlich, dass der Sarg durch die räumlichen Gegebenheiten nicht über den Flur ins Haus gelangen könne. Man müsse durch den Garten über die Terrasse ins Wohnzimmer. Damit war zwar dieses Problem erkannt, doch wer von den Anwesenden konnte überhaupt mithelfen, den Sarg zu tragen?

Der Bestattergehilfe war von kleiner, zarter Statur, die Mutter zu schwach, die Oma zu gebrechlich. Die Freundin und die Frau würden zwar mit anpacken können, aber eine Person wäre zusätzlich noch zum Tragen nötig. So überlegte die Frau, einen Nachbarn um Hilfe zu bitten. Sie ging auf die nächtliche Straße, schaute zu den Häusern rechts und links, unentschlossen, wohin sie sich wenden solle.

Da kam »ER« aus dem Haus, das direkt gegenüber lag. »ER« war ein junger Mann, ein paar Jahre jünger als David. Sie hatte ihn einmal als kleinen Jungen kennengelernt, als sie einmal bei David zu Besuch gewesen war. Nun war dieser im Laufe der Jahre erwachsen geworden. Die Mutter hatte ihr einmal erzählt, dass der junge Mann von seiner politischen Einstellung her sehr nach rechts tendiere. Da stand er nun auf der anderen Straßenseite, nur vom Licht der Straßenlaterne beschienen. Sein Gesicht lag zwar im Schatten, doch seine Springerstiefel stachen der Frau gut beleuchtet ins Auge.

Sie ging auf ihn zu, erzählte ihm vom Tod seines Nachbarn David und vom Wunsch dessen Mutter, ihn unter den Weihnachtsbaum zu stellen. Der junge Mann glotzte sie nur verständnislos an. Also wiederholte die Frau alles nochmal und fügte die Bitte hinzu, ob er denn mithelfen könne, den Sarg ins Haus zu tragen. Als Antwort kam nur ein unwilliges Grunzen von ihm. Daraufhin sagte sie: »*Entschuldige, ich wusste nicht, dass du Angst vor einem Toten hast.*« Da ging ein Ruck durch den Körper des jungen Mannes, diese Behauptung wollte er nicht auf sich sitzen lassen. Und so schloss er sich ihr zögerlichen Schrittes an.

Es gelang nun mit vereinten Kräften und gemischten Gefühlen, den Sarg durch den Garten über die Terrasse unter den festlich geschmückten Weihnachtsbaum zu bringen. Als Untergestell diente der Wohnzimmertisch, der unter dem Gewicht des Sarges etwas wackelte. Der junge Mann war sogleich verschwunden, bevor ihm die Frau danken konnte.

Dann wurde der Sargdeckel abgenommen. David lächelte immer noch leise vor sich hin. Der rote Mantel seiner Mutter leuchtete im Licht der Kerzen. Die Oma war begeistert und meinte, dass ihr Enkelsohn sich sehr über den schönen Weihnachtsbaum freuen würde. (Zur Ehre der Oma sei gesagt, dass ihr Verstand schon seit längerer Zeit versagte und sie den Ernst der Lage deshalb nicht mehr begreifen konnte.) Der Bestattergehilfe war auf die Terrasse rauchen gegangen, die Freundin stand verunsichert in der Ecke und die Mutter sang inzwischen lauthals für David dessen Lieblingsweihnachtslieder. Die Frau aber dachte ungläubig: So etwas gibt es doch nur im Film!

Plötzlich schrillte laut das Telefon. Die Frau ging ran. Der Chef des Bestattungsinstituts, fragte nach, wo sein Gehilfe bleibe. Er warte schon lange auf ihn, immerhin sei das Wetter schlecht und er mache sich Sorgen. Die Frau erklärte ihm, dass sein Gehilfe gerade eine rauchen würde. Auf Wunsch der Mutter stehe David nämlich noch im Wohnzimmer unter dem Weihnachtsbaum. Auf diese Aussage hin war es am anderen Ende der Leitung erst mal still, dann brüllte der Bestatter, was dies für ein idiotischer Einfall wäre, sein Gehilfe müsse auf der Stelle zurückkehren. Dann knallte er gereizt den Hörer auf.

Letzteren Befehl gab die Frau nicht wortwörtlich an den Gehilfen weiter, denn David musste ja noch auf den Friedhof gebracht werden. So ging sie zur Mutter und sagte dieser, dass ihr Sohn jetzt aus dem Haus müsse. Diese lehnte es strikt ab, ihren Jungen bei der dunklen Nacht und der bitteren Kälte ins Leichenhaus zu überführen. Die Oma fing an zu jammern, dass der David doch an Weihnachten zu Hause sein müsse.

Jetzt blieb der Frau nichts anderes übrig, als die Wahrheit auszusprechen, und deshalb sagte sie: »*Er riecht inzwischen.*« Die Mutter überhörte dies geflissentlich, sodass sich die Frau nun deutlicher ausdrücken musste: Die Nacht in der warmen Kapelle, die lange Fahrt im Auto, die Zeit in dem überheizten Wohnzimmer! Jetzt wiederholte sie ihre Worte nochmal deutlicher: »*Er stinkt bereits*!« Nur ganz langsam schien die Mutter zu begreifen, dass David nicht länger unter dem Weihnachtsbaum verbleiben könne.

Nun stellte sich die Frage: Wie kommt der Sarg wieder aus dem Haus? Wie gesagt, der Bestattergehilfe war von kleiner, zarter Statur, die Mutter usw. …! Also ging die Frau erneut auf die Straße, schaute nach rechts und links, wieder unentschlossen, wohin sie sich wenden solle. Da kam mit laut aufheulendem Motor der Opel Kadett des jungen Mannes um die Kurve gerast. Schicksal!, dachte die Frau und sprach ihn wiederum an, ob er denn nochmals helfen könne, den Sarg jetzt aus dem Haus zu holen. Der junge Mann wich einen Schritt vor ihr zurück und erklärte, einmal wäre genug.

Da schaute die Frau gezielt und konzentriert auf seine Springerstiefel und sagte zu ihm: »*Wusste gar nicht, dass ihr Kameraden so viel Schiss habt!*« Das schien zu wirken, denn nun ging er mit. Als sie allerdings das Wohnzimmer betraten, rief dieser entsetzt: »*Der Sarg ist ja noch offen!*« Die Frau nahm ihn an der Hand und sagte zu ihm: »*Keine Angst, lauf nicht weg!*« Dann legte sie mit Unterstützung des Bestattergehilfen schnell den Sargdeckel auf, sie verschraubten ihn und brachten David mit vereinten Kräften wieder über die Terrasse und den Garten aus dem Haus. Der junge Mann aber fuhr sofort mit quietschenden Reifen davon, wer weiß wohin! Am Friedhof gab es keine Probleme, David zu transportieren, da entsprechende Fahrgestelle vor Ort waren.

Bis zu seiner Beerdigung war David zwei Tage im offenen Sarg aufgebahrt. Dies war für manche Dorfbewohner äußerst ungewöhnlich. Öfter hörte man jemanden, der aus reiner Neugierde vorbeischaute, sagen: »*Mei dös hama aber scho lang nimmer ghabt!*« Die Mutter aber ging oftmals am Tag mit der Frau zum Sarg, denn gleich am nächsten Morgen hatte sie David seinen Walkman mitgebracht, ihm Kopfhörer aufgesetzt und drehte ihm nun regelmäßig seine Lieblingskassetten um.

So wurde David dann einen Tag vor Weihnachten mit der Musik der Zillertaler Musikanten begraben. Falls irgendwann mal eine Graböffnung stattfinden sollte, wird man sich über die vielen Grabbeigaben wundern und sich fragen, warum der Tote Kopfhörer trägt. Der junge Mann mit seinen Springerstiefeln ward allerdings bei der Beerdigung nicht gesehen. Eine Nachbarin erzählte, er würde krank zuhause liegen.

Ist das peinlich!

Die Mohrrübe

Sie war siebzehn Jahre alt und Schwesternschülerin im ersten Lehrgang. In ihrer Freizeit ging sie gerne ins Schwimmbad. Sie hatte erst vor kurzem Schwimmen gelernt und genoss den Aufenthalt im Wasser. Das war neu für sie, denn all die Jahre waren ihr Schwimmbecken nicht ganz geheuer gewesen. In der Schule sollte sie einmal eine Bahn ganz durch schwimmen. Ihr Einwand, dass sie nicht schwimmen könne, stieß allerdings auf taube Ohren. So ging sie auch prompt in der Mitte der Bahn unter und musste aus dem Wasser gefischt werden.

Nach diesem Ereignis hatte sie ernsthaft versucht, schwimmen zu lernen, allerdings mit wenig Erfolg. Bis auf den Tag, als der arrogant wirkende, sonnen-gebräunte Bademeister des Hallenbades sie auf einen Kaffee einlud. Sie lehnte entschieden mit den Worten ab: »*Nein, danke, du bist mir viel zu alt.*« Darauf giftete dieser zurück: »*Und du kannst in deinem Alter noch nicht mal richtig schwimmen.*« Sie erwiderte: »*Das stimmt, vielleicht kannst du es mir ja beibringen?*« Obwohl er noch verärgert war, erklärte er ihr trotzdem, wie man richtig schwimmen sollte. Daraufhin ging sie ins Wasser, probierte es nach seinen Anweisungen aus – und konnte schwimmen!

So lag sie denn eines schönen Tages im Freibad, freute sich über ihre Schwimmkünste und grinste vor sich hin. Da kam ER des Weges, ein junger, großer, schlaksiger Mann, blond, mit Brille, nicht unbedingt ein Schönling. Er sprach sie direkt an: »*Na, möchte doch mal wissen, wer mich da so nett anlächelt.*« Sie klärte den Irrtum nicht auf, machte gute Miene zum Spiel und so kamen sie ins Gespräch. Er erzählte ihr, dass er zum Studium in ihre Stadt gekommen sei, zurzeit in einem kleinen Gartenhäuschen wohne usw. und so fort.

Sie stand vor ihrem 18. Lebensjahr und war grundsätzlich neugierig auf die Männerwelt. Zwar hatte sie schon ein bisschen herumgeknutscht, aber weiter war sie noch nicht gegangen. Deshalb dachte sie nun bei sich, dass es langsam mal Zeit wäre, weitere Erfahrungen zu sammeln. Aus diesem Grunde verabredete sie sich für den Abend mit dem jungen Mann. Er lud sie zum Essen ein, und da sie ihn ganz unterhaltsam fand, konnte sie sich auch ein »Techtelmechtel«, quasi als Nachtisch, mit ihm ganz gut vorstellen.

Nachdem sie gespeist hatten, gingen sie aber zuerst in ihre Lieblings-Musikkneipe. Sie liebte es, zur Musik von Tina Turner, den Rolling Stones und anderen Rockgrößen zu tanzen. Sie brauchte keine Drogen, die Musik und die ekstatischen Bewegungen waren ihr Rausch. So gab sie sich diesem beim Tanz ganz hin. Ihr Gegenüber allerdings tanzte wesentlich steifer und verhaltener.

Dann wechselte der Musikstil und es wurden Songs von Leonhard Cohen, Donovan, Cat Stevens usw. aufgelegt. Diesen Songs hörte sie zwar liebend gerne zu, doch wurden diese wunderbaren Liebeslieder in ihren Augen nun auf der Tanzfläche für den Steh-Blues missbraucht. Dieser gestaltete sich so, dass der Student sie sich wortwörtlich zur Brust nahm, sie reichte ihm von der Größe her nämlich nur bis zu den Brustwarzen. Er umschlang sie fest mit den Armen und drückte seinen Unterkörper eng an sie. Sie bekam kaum noch Luft und doch nahm sie es hin, denn sie hatte ja noch etwas mit ihm vor. Vom Tanzen war allerdings keine Rede mehr. Diese Art, sich nicht vom Fleck zu bewegen, hatte nicht umsonst den Namen Steh-Blues.

Da spürte sie plötzlich etwas Hartes an ihrem Hüftknochen und dachte erstaunt: Hat dieser Mensch etwa eine Mohrrübe in seiner Hosentasche? Hat er für den kleinen Hunger vielleicht immer eine bei sich? Möglicherweise war er Vegetarier? Mit diesen Gedanken war sie beschäftigt, bis der Steh-Blues irgendwann vorüber war.

Endlich, spät in der Nacht, standen sie dann vor dem Gartentor des Häuschens, von dem er ihr erzählt hatte. Er behauptete, der Weg dahin sei schlecht zu gehen, deshalb nahm er sie kurzerhand auf seine Arme und trug sie im Schein des Mondes über die Türschwelle, direkt zum Bett. Er zündete eine Kerze an, belebte die stickige Luft im Raum mit einem Moschus-Räucherstäbchen und ging dann ins Bad. Sie dachte: Gut und schön, aber Mann, komm doch endlich zur Sache!

Dann war es soweit. ER küsste sie, strich ihr übers Haar, befummelte ihre Ohrläppchen, leckte an ihrem Hals und kam zu ihren Brustwarzen. Er umkreiste diese mit seinen Fingern und zupfte daran. Sie war neugierig, lag aber gleichzeitig ganz steif da und beobachtete alles ganz genau. Das alles war ja neu für sie, spannend und aufregend. Doch dann kam Leben in sie und sie begann ihn ebenfalls zu küssen, ihm übers Haar zu streicheln, seine Ohrläppchen zu befummeln, leckte an seinem Hals und kam zu seinen Brustwarzen. Sie umkreiste diese mit ihren Fingern und zupfte daran.

Doch jetzt wollte sie unbedingt weiterforschen. Sie musste es endlich wissen! Das männliche Geschlechtsorgan kannte sie bisher nur aus dem Anatomie-Buch – im Querschnitt aufgeschnitten. Penis, Prostata, Harn- und Samenleiter, Schwellkörper, das ganze Zeugs, immer nur auf Papier. Jetzt endlich war es soweit. Sie würde das geheimnisvolle Organ direkt spüren, in der Hand halten, riechen. Ihren Vater hatte sie als Kind nie nackt gesehen. Sie konnte immer nur ahnen, dass da etwas Verborgenes war. Er hatte sich zum Pinkeln oft in eine Hofecke gestellt, die Beine breit gemacht und dann hatte sie seinen Urinstrahl von hinten herab pritscheln gesehen. Auch ihren Bruder hatte sie nie nackt erlebt. Mit ihren drei Schwestern musste sie zusammen in ein und dasselbe Badewasser steigen. Ihr Bruder aber bekam stets sein eigenes und wurde verborgen vor ihren Augen gebadet.

Zurück in der Gegenwart, fiel ihr plötzlich die Mohrrübe wieder ein. Sie nahm sich vor, ihn nach dem Liebesspiel zu fragen, warum er eine Mohrrübe in seiner Hosentasche mittragen würde. Inzwischen war sie an seinem Bauchnabel dran und wollte nun weiter in die Tiefe vorstoßen. Da schnaufte er plötzlich ganz heftig und gab einen kurzen Juchzer von sich. Erstaunt merkte sie, dass sein Bauch ganz feucht war und sagte zu ihm: »*Du schwitzt aber ganz arg!*« Da lachte er verlegen, wuchtete sich aus dem Bett, ging ins Bad und als er wiederkam, küsste er sie flüchtig und sagte: »*Lass uns schlafen.*«

Wie bitte, dachte sie verärgert, soll das jetzt alles gewesen sein? Ich wollte heute doch noch viel mehr erleben, und jetzt will ER schlafen. Sie war so dermaßen enttäuscht, dass sie aufstand und sich anzog. Dann sagte sie zu ihm: »*Auf Nimmer-Wiedersehn, und wenn du das nächste Mal zum Tanzen gehst, nimm vorher die Mohrrübe aus der Hosentasche!*« Dann ging sie und er schaute ihr verwirrt hinterher.

Zwei Jahre später wurde sie bei ihrer Examens Prüfung im Bereich der Anatomie die männlichen Geschlechtsorgane abgefragt. Mit diesen hatte sie inzwischen auch im wahren Leben genügend Bekanntschaft gemacht und wusste über die Mohrrübe von damals Bescheid. Sie konnte die Aufgabenstellung zu aller Zufriedenheit meistern. Einer der prüfenden Ärzte stellte am Ende noch die Frage, wann denn der Mann in die Wechseljahre käme?

Ihr Verstand ratterte rauf und runter, aber ihr fiel nicht ein, jemals davon gehört zu haben. Nach einer kurzen Pause fing der Prüfer an zu grinsen und sagte: »*Die Wechseljahre des Mannes beginnen dann, wenn er anfängt, die Frauen zu wechseln!*«

Die »Nackerten«

Ihre erste Flugreise ging nach Gran Canaria. Sie buchte diese für sich und ihre jüngere Schwester. Urlaub war in ihrer Kindheit ein Fremdwort gewesen. Sie kamen vom Land und wegen des Bauernhofes hatten die Eltern keine Zeit gefunden, mit ihren Kindern in die Ferien zu fahren. Jetzt also zum ersten Mal fliegen und dann noch so weit weg. Mein Gott, sie waren beide so aufgeregt! Die Mutter gab sich entsprechend beunruhigt, vor allem war sie um die Unschuld ihrer jungen Töchter besorgt. Bei solch einem Urlaub konnte ja so allerhand passieren!

Der Flug verlief ruhig und ohne Zwischenfälle. Sie konnten es kaum fassen, dass sie in der großen weiten Welt unterwegs waren. Am Ziel angekommen, waren sie aber erstmal enttäuscht. Der Weg vom Flughafen nach Maspalomas war alles andere als verlockend. Sie kamen durch triste Gegenden und an vielen verlassenen Häusern und Bauruinen vorbei. Das sollte das großartige Gran Canaria sein?

Doch dann kamen die ersten Hotels in Sicht, die Dünen und das Meer. Nun schwenkte ihre Enttäuschung zur Begeisterung über. Grandios! Na gut, ihr Jugendhotel war natürlich nicht zu vergleichen mit den Luxushotels, aber dafür war der Preis günstig gewesen. Der Abend dämmerte schon herauf, als die Schwestern erstmals zu den Dünen liefen. Kein Mensch war dort mehr zu sehen. Sie erkletterten die steilsten Dünen und ließen sich mit lautem Glücksgeschrei und großem Gelächter von diesen hinunter kullern. »*Freiheit*«, brüllten sie immer wieder: »*Wir sind frei*!« Strahlend fielen sie sich glücklich in die Arme.

Die nächsten Tage am Strand verbrachten sie brav unter dem Sonnenschirm. Der Flugkapitän hatte seine Fluggäste mehrmals darauf hingewiesen, dass die Sonneneinstrahlung auf der Insel dreißig Prozent höher wäre als in Deutschland. Sie hatten bereits übelst sonnenverbrannte Menschen gesehen. Deshalb mieteten sie sich stets aufs Neue eine Liege mit Sonnenschirm und freuten sich ihres Lebens.

So lagen sie wieder mal auf ihrer Sonnenliege, als ihnen eine Frau, die des Weges kam, besonders auffiel. Diese war schon älter, voll bekleidet und schleppte rechts und links schwere Taschen. Direkt vor der Liege der Schwestern blieb die alte Dame stehen, schnaufte heftig und wischte sich den Schweiß von der Stirne. Sie wirkte müde und erschöpft. Dieses Verhalten weckte bei den Schwestern sofort tiefes Mitgefühl. So fragten sie die Dame, wohin sie denn unterwegs sei. Diese antwortete, sie hätte noch ein Stück zu laufen, denn sie wolle ihrer Familie, die sich am Strand aufhielt, das Essen bringen. Da dachten die beiden, ein kleiner Spaziergang würde schon nicht schaden, sie wären jetzt ja auch schon vorgebräunt. Deshalb schlugen sie der Frau vor, sie zu begleiten und ihre Taschen zu tragen. Dankbar nahm die alte Dame das Angebot an.

So gingen sie also los und liefen und liefen. Die Stände mit den Sonnenschirmen lagen bereits hinter ihnen. Sie fragten, wie weit es denn noch wäre. Nicht mehr weit, bekamen sie zur Antwort. Da plötzlich, sie trauten ihren Augen kaum, lagen Frauen im Sand ohne Bikini-Oberteil! Verschämt versuchten die beiden nicht hinzuschauen. Die alte Frau aber lief immer noch weiter und mit den Worten, sie wären nun bald da, wurden sie ermuntert, weiterzugehen.

Doch dann geschah das Unglaubliche. Auf einer Düne stand tatsächlich ein Nackerter, so, wie Gott ihn als Mann erschaffen hatte. Sie wussten in ihrer Verlegenheit nicht, wohin sie ihre Augen wenden sollten, und doch schauten sie wie gebannt zu ihm hin. Zu ihrem Schrecken blieb der Mensch nicht lang allein. Plötzlich waren da überall nackte Menschen, dünne, dicke, große, kleine, schön gebaute und hässliche. Sie lagen im Sand herum oder sie standen, um sich rundum von der Sonne bräunen zu lassen. Und dann wurde es richtig eklig, denn manche bewegten sich auch noch oder spielten sogar Ball. Immer, wenn einer der Männer dabei hochsprang, hüpfte auch sein Teil mit in die Luft und seine Glocken schwangen gleich hinterher. Bei den Frauen wippten die Brüste ständig auf und ab. Es war einfach nur noch peinlich!

»*Wir müssen jetzt aber umkehren*«, sagte die jüngere Schwester zur alten Dame. »*Ach, nur noch ein paar Schritte, dann sind wir da*«, entgegnete diese und machte keinerlei Anstalten, ihre Taschen wieder an sich zu nehmen. Endlich erreichten sie die große Familie der Frau. Sofort waren die beiden Schwestern nur von Nackerten umgeben. Wohin sie auch blickten, überall Pimmel in jeder

Ausführung. Brüste, die sich ihnen entgegen reckten. Mein Gott, dachten sie, wenn das Mutter sehen würde! Die Familie der Frau wollte die beiden aus Dankbarkeit, dass sie dieser mit dem Gepäck geholfen hatten, zu einem Umtrunk einladen, doch die Schwestern wollten nur noch weg. Sie kamen sich in ihren Bikinis plötzlich fehl am Platze vor und ergriffen schleunigst die Flucht.

Auf dem Rückweg sprachen die Schwestern kein Wort über das Gesehene. Am nächsten Tag aber waren sie sich einig, dass sie nun doch keine Sonnenliege mehr bräuchten und zogen am Strand ein Stück weiter, dorthin, wo die Frauen ohne Bikinioberteil lagen. Sie fanden es nun auch schön, ohne eingeklemmten Busen sich der Sonne erfreuen zu können.

Doch der Stachel saß im Fleisch. Sollte man nicht doch noch ein Stück weiter wandern, um die Sonne am ganzen Körper ungehemmt genießen zu können? Tags drauf setzten sie ihre Überlegungen in die Tat um und legten sich zu den Nackerten. Nun gehörten sie dazu. Das ist Freiheit, sagten sie sich, echte Freiheit! Nur gut, dass Mutter nichts davon wusste!

Die Strumpfhose

Der Nachmittag war heiß und schwül. Sie hatte bereits Dienstschluss und überlegte, was sie wohl an diesem Tag noch unternehmen könnte. Irgendwohin, dachte sie, wo es schön kühl wäre. Diese Sommerhitze; sie hatte doch schon genug mit ihren Hitzewallungen zu tun! Von außen heiß und dann auch noch diese immer wieder aufflackernde innere Glut, die sie inwendig zu verbrennen drohte. Ja, sie sehnte sich weiß Gott nach einem angenehm kühlen Plätzchen. Da fiel ihr das Kino ein. Dort war es Dank der Klimaanlage auch bei größter Hitze gut auszuhalten. Sie überflog in der Zeitung das Kinoprogramm und fand einen Film, dessen Inhalt sie ansprach.

Gesagt, getan, sie freute sich auf die Vorführung, fuhr auf den fast leeren Parkplatz und wollte sogleich aussteigen. Da fiel ihr ein, dass durch die Klimaanlage die Kinoräume manchmal auch sehr unterkühlt waren, und so war sie froh, dass sie immer eine Strumpfhose für kältere Tage im Auto mit sich führte. Sie packte die Strumpfhose also in ihre Handtasche und marschierte zur Kinokasse. Dort hatte sie freie Platzauswahl, da sie bisher die einzige Interessentin für den Film war. Sie wählte einen Sitzplatz in ihrer Lieblingsreihe Nummer acht.

So saß sie glücklich im großen Kinosaal und freute sich darüber, dass sie der Hitze ein Schnippchen geschlagen hatte. Außerdem kam sie sich wie eine Königin vor, da ihr der ganze Kinoraum alleine gehörte. In freudiger

Erwartung hoffte sie darauf, dass die Vorstellung bald begann.

Was allerdings schon in vollem Betrieb war, wie sie schnell bemerkte, das war die Klimaanlage. Und diese lief auf vollen Touren. Sie dachte: Gut, dass ich vorsorglich meine Strumpfhose mitgenommen habe, da es hier doch ganz schön kalt ist. So kramte sie diese aus ihrer Handtasche, streifte ihre Schuhe ab, bückte sich und begann, die Strumpfhose über ihre Zehenspitzen zu ziehen.

Plötzlich hörte sie Stimmen. Sie hielt in ihrer Bewegung inne und richtete sich schnell auf. Es kamen tatsächlich noch drei weitere Kinobesucher in den Saal. Da das Licht noch nicht ganz erloschen war, dachte sie, hoffentlich setzen die Leute sich in eine andere Reihe. So, wie sie die Strumpfhose über die Fußknöchel gezogen hatte, war sie doch etwas seltsam anzusehen. Doch Gott sei Dank, die Leute gingen ganz nach oben.

Das Licht verlosch, die Werbung begann. Sie atmete erleichtert aus. Dann bückte sie sich wieder, um die Strumpfhose weiter hochzuziehen. Sie dachte, mit etwas Glück könnte sie diese dann durch etwas Hin- und Herwackeln auch über den Po streifen, ohne dass die Leute in den oberen Reihen etwas davon merkten.

Doch was war das? Ein Licht blinkte am Eingang des Kinosaales auf. Die Taschenlampe eines Angestellten leuchtete einem Herrn den Weg zu seinem Platz. Dieser kam, oh Schreck, ihrer Sitzreihe verdächtig näher. Die Strumpfhose hing ihr mittlerweile in den Kniekehlen. Sie hielt die Luft an, denn der Herr trat tatsächlich auch noch in ihre Reihe! Nicht genug, er setzte sich direkt neben sie. Sofort hatte sie eine Hitzewallung, hätte sich am liebsten die Strumpfhose von den Beinen gerissen und sich einen anderen Platz gesucht.

Aber was hätte der Herr neben ihr dann gedacht? In seinen Augen musste es ja so aussehen, dass sie die Strumpfhose ausziehen wollte. Zudem trug sie auch noch einen sehr kurzen Rock, der ihr weit über die Knie hochgerutscht war. Ihr Verstand arbeitete fieberhaft. Wie kam sie nur aus dieser peinlichen Situation einigermaßen wieder heraus? Sie konnte ja auch nicht aufstehen, da sie mit der Strumpfhose in den Kniekehlen nicht laufen konnte. So packte sie den »Hirsch am Geweih« und sagte tapfer zu ihrem Nachbarn: »*Ja, hallo, das Kino ist heute fast leer, da kann man sich doch überall hinsetzen.*« Sie hatte die Hoffnung, dass er den Wink mit dem Zaunpfahl verstand und sich einen anderen Platz suchen würde.

Doch der Herr sagte sehr bestimmt: »*Nein, nein, ich habe diesen Platz bezahlt, suche ich mir einen anderen, dann kommt vielleicht jemand, dessen Sitz ich weggenommen habe. Das mache ich nicht.*«

Sie dachte bei sich, was für ein Depp, wer soll jetzt noch kommen? Der Film hatte inzwischen begonnen, das Kino war bis auf die fünf Besucher vollkommen leer. Sie wagte nicht, den Typ neben sich direkt anzuschauen. Ihre Phantasie trieb große Blüten. War er ein Spanner, ein Wichser oder gar ein Frauenmörder? Niemand würde in dem dunklen Saal bemerken, wenn er ein Messer ziehen und sie heimlich abstechen würde.

Sie schwitzte, die Strumpfhose heizte ihr zusätzlich ein. Wenigstens konnte sie ihre Handtasche auf ihre Knie legen, um deren Blöße zu bedecken. Denn sie hatte aus den Augenwinkeln schon bemerkt, dass der Kerl da neben ihr auf ihre Beine schielte. Hatte er die Strumpfhose gesehen? Jetzt legte er auch noch selbstgefällig seinen Arm auf die Sessellehne und ließ seine Hand entspannt über ihren Sitzbereich baumeln. Wenn er mich nur einmal berührt, dachte sie, knall ich ihm eine und Strumpfhose hin oder her, dann steh ich auf und geh, egal was irgendjemand über mich denkt.

Von dem Film bekam sie nichts mit, sie war so dermaßen mit ihrem Problem beschäftigt, dass sie sogar ihr Blut in den Ohren rauschen hörte. Dazu kamen wegen ihrer Aufregung stets neue Hitzewallungen, die ihr das Stillsitzen zur Qual machten. Sie fragte sich, wie sie das je überleben sollte. Sie verfluchte in Gedanken ihre Idee mit der Strumpfhose und wünschte sich auf den Mond.

Gott sei Dank, gab der Herr neben ihr wenigstens Ruhe. Was dachte er sich eigentlich dabei, sich so dicht neben sie zu setzen? Hatte er sich beim Kaufen der Kinokarte die belegten Plätze zeigen lassen und sich den Platz direkt neben ihr bewusst ausgesucht? Legte er es darauf an, sich neben allein sitzenden Personen zu platzieren? Mit welcher Absicht? Tatsächlich war der Film eher für Frauen interessant. Suchte sich dieser Mann gerade solche Filme für seine krankhafte Neigung aus, Frauen auf die Pelle zu rücken und sie zu verunsichern? All diese Gedanken gingen ihr durch den Kopf, während ihr Nachbar recht entspannt wirkte. Was würde geschehen, wenn nach dem Ende des Filmes das Licht anging? Würde er sie, mit ihrer in seinen Augen ja heruntergelassenen

Strumpfhose entdecken? Bei diesem Gedanken über-
flutete sie die nächste Hitzewallung mit aller Macht.

Der Film ging zu Ende, allerdings hatte sie von dessen
Inhalt nichts mitbekommen. Bevor das Licht anging,
erhob sich der Mann neben ihr und ging Gott sei Dank
von dannen. Sie atmete das erste Mal seit fast zwei Stunden tief ein und aus und wartete, bis die drei Leute von
oben den Saal verlassen hatten. Sie schaffte es gerade
noch rechtzeitig, sich die Strumpfhose über die Füße he-
runterzureißen, bevor das Kinopersonal auftauchte, um
den Saal nach Abfall zu durchsuchen.. Draußen vor dem
Kino warf sie die Strumpfhose sofort in den Mülleimer
und schrie laut: »*Scheiß Strumpfhose! Scheiß Hitzewallungen! Scheiß Typ!*«

Im Vollrausch

Das Kind war gerade mal fünf Jahre alt, als es den ersten großen Rausch erlebte. Sein 18-jähriger Cousin, der mit seiner Freundin eine Flasche Sekt trinken wollte, sollte auf das Mädchen aufpassen. Dieses kannte ein Getränk wie Sekt nicht. Der Vater zuhause trank entweder Apfelmost oder Bier, die Mutter Milch oder Wasser. An Silvester gab es auch mal Wein. Doch Sekt war dem Kind völlig unbekannt. Dieser schien ihm aber eine ganz wundervolle Sache zu sein. Denn die vielen kleinen runden Luftbläschen, die immer wieder im Glas hochstiegen, wie kleine Lebewesen, die heiter und fröhlich von unten ans Licht strebten, faszinierten das Kind dermaßen, dass es nicht genug vom Zuschauen bekommen konnte. Und weil es sich so begeistert zeigte, schenkte ihm der junge Cousin in seiner Naivität ein Glas ein.

Das Kind spürte, wie schön diese kleinen Kügelchen im Mund kitzelten und in seinem Bauch kribbelten. Dies fand es richtig lustig. Es lachte und kicherte und der Cousin und seine Freundin amüsierten sich darüber. Doch als es dann zu lallen anfing und die Augen verdrehte, wurde der Cousin unsicher und brachte es in diesem merkwürdigen Zustand schnell nach Hause. Da er Angst vor der Reaktion seiner Tante hatte, stellte er es vor der Haustüre ab und verschwand eilig.

Als die Mutter kurz darauf aus dem Haus gehen wollte, fand sie ihr Kind ohne Bewusstsein vor der Tür auf dem Fußabstreifer liegen. Sie wusste überhaupt nicht, was mit ihm geschehen war und fühlte sich total hilflos. Gott sei Dank war im Nachbarhaus gerade die Gemeindekrankenschwester zugange. Diese war eine alte Nonne, tatkräftig und sehr erfahren in der Heilkunde. Als sie zu Hilfe geholt wurde, erkannte sie sofort, dass das Kind sich im Zustand eines Vollrausches befand. Sie öffnete dessen Mund und schob ihm ihren Finger bis an das Gaumenzäpfchen in den Hals. Darauf würgte das Kind und erbrach sich im hohen Schwall. Die Krankenschwester war mit diesem Ergebnis sehr zufrieden und sagte der Mutter, sie solle ihr Kind nun waschen, ins Bett bringen und am nächsten Morgen wäre alles wieder gut. So geschah es denn auch.

Sekt aber war als Giftstoff im Körper des Kindes für immer gespeichert.

Beim zweiten Rausch war das Kind zu einem jungen Mädchen herangewachsen und es geschah am Polterabend seiner Schwester. Durch deren bevorstehende Hochzeit schien diese ihm als Freundin und Vertraute verloren. Darüber war es so traurig, dass es im Alkohol Trost suchte und deshalb ein Bier nach dem anderen schluckte.

Später am Abend kam dann der Schwiegervater seiner Schwester auf das Mädchen zu. Dieser hatte vor Ort eine Schnapsbrennerei und er überredete es, verschiedene Schnäpschen zu probieren. Diese und das Bier taten dann auch ihre Wirkung. Es fühlte sich plötzlich im Herzen leicht und unbeschwert. Als seine Geschwister es später mit nach Hause nehmen wollten und es aufstehen musste, begann sich bei ihm ein Karussell zu drehen. Es schwankte und lallte und alle dachten, es mache Spaß und albere herum.

Zuhause setzte man sich noch gemütlich bei einem Glas Wein im Wohnzimmer zusammen. Irgendwann bemerkte einer, dass das Mädchen fehlte, und so machte man sich auf die Suche nach ihm. Der Bruder fand es in der Toilette. Sein Kopf war in der Kloschüssel verschwunden. Es hatte sich erbrochen und wäre vielleicht erstickt, wenn es nicht gefunden worden wäre. Irgendeiner hielt seinen Zustand im Bild fest und es konnte sich später kaum wieder erkennen mit diesem glasigen Blick und der Kotze um den Mund vor der Toilette sitzend.

Sein Körper aber war geimpft. Denn es stellten sich immer Rauschgefühle ein, wenn in seiner Gegenwart Bier oder Schnaps getrunken wurde.

Der dritte Vollrausch kam ebenfalls unerwartet. Das Mädchen war inzwischen eine junge Frau. Sie war verliebt und ihre große Liebe wohnte in einer anderen Stadt. Spontan wollte sie ihren Freund mit einem Besuch überraschen. Doch als sie bei ihm ankam, war dieser von ihrer Idee überhaupt nicht begeistert. Er wollte sein Freizeitprogramm einhalten und ging deshalb trotzdem am Abend zum Sport, den er an diesem Tag eingeplant hatte. Da es zum Heimfahren zu spät war, überlegte sie, wie sie es schaffen könne, eingeschlafen zu sein, bevor ihr Freund nach Hause kam. Sie war enttäuscht und traurig ob seines Verhaltens und wollte ihn an diesem Abend nicht mehr hören und nicht mehr sehen. Da entdeckte sie eine Flasche Rotwein. Das ist die Lösung, dachte sie, und so leerte sie ein um das andere Glas, so lange, bis die ganze Flasche leer war.

Doch der ersehnte Schlaf kam nicht, dafür kam das Grauen. Der Raum verschwamm vor ihren Augen. Sie halluzinierte, sah Streifen an der Wand, bunte Reflexionen, Licht und Schatten. Aus einem dieser Schatten kristallisierte sich eine Form heraus, die sich immer mehr zu einem Hund entwickelte. Verblüfft merkte sie, dass die Gestalt dieses Hundes leibhaftig in sie eindrang und sie selbst sich in einen Hund verwandelte. Sie war inzwischen auf allen Vieren gelandet und kroch auf diesen in den mit hellem Teppichboden ausgelegten Zimmern herum. Sie hob zwar nicht das Bein, aber sie markierte ein paar Stellen, an denen sie ein kleines oder auch größeres Häufchen Rotwein erbrach. Sie konnte sich später nicht mehr erinnern, ob sie vielleicht auch gebellt hatte.

Als ihr Freund zu später Stunde nach Hause kam, war er entsetzt, sowohl wegen ihres Zustandes, aber auch wegen seines Teppichbodens. Kurze Zeit war er sprachlos, doch dann rief er die Notfallzentrale an und berichtete, wie er seine Freundin vorgefunden hatte. Man fragte ihn, ob sie sich schon übergeben hätte, worauf er gequält antwortete: »*Ja, überall!*« Darauf sagten sie ihm, dass dies gut wäre, er solle sie sauber machen und dann ins Bett legen. Alles andere würde sich geben, es wäre ja nur ein Rausch.

Am anderen Tage erwachte sie, als er schon zur Arbeit gegangen war. Sie fuhr mit einem dicken Kopf nach Hause. Am Abend sprach er am Telefon vorwurfsvoll davon, wie er sie vorgefunden hätte und wie sie seinen hellen Teppichboden mit den Rotweinflecken verdorben hätte. Sie dachte nur: Geschieht ihm recht, Rache für Lieblosigkeit kann auch ein versauter Teppichboden sein!

Doch Rotwein war nun künftig auch nicht mehr ihr Fall.

Sie hatte nach diesen drei Vollräuschen einen großen Respekt vor Alkohol. Sie wollte nie wieder einen fremden Finger in den Hals gesteckt bekommen, nie wieder mit dem Kopf in einer Kloschüssel aufgefunden werden und nie wieder ein Hund sein, der sein Revier markiert. Sie zog es vor, künftig Tee zu trinken.

Das Kindermädchen

Das Mädchen, so konnte man sie mit ihren sechzehn Jahren durchaus noch nennen, war mit seiner Mutter auf dem Felde. Ringsum bot sich ihm freie Sicht, dort ein Bauer mit seinem Traktor, hier eine Frau zu Fuß mit einem Korb unterwegs. Sonst nur die Feldlerchen, wolkenloser Himmel und wenig Lust, Kartoffeln zu ernten. Doch plötzlich kam etwas Neues in sein Blickfeld. Ein blauer VW-Käfer tauchte am Horizont auf und kam geradewegs auf es zu. Die Mutter ließ sich in ihrer Arbeit nicht stören, aber das Mädchen war dankbar für die Abwechslung und wartete neugierig, was geschehen würde.

Das Auto hielt am Wegesrand an und eine elegante Frau stieg aus. Ja, im Vergleich zu seiner Mutter, die einen abgetragenen Rock, eine Schürze darüber, alte ausgelatschte Schuhe und ein Kopftuch trug, war diese Frau eine auffällige Erscheinung. Sie war sehr gut gekleidet, hatte eine schicke Frisur, war dezent geschminkt und zeigte ein freundliches Lächeln. Sie stellte sich auch gleich als Frau Doktor Friedrichsen vor und fragte, ob sie hier richtig wäre. Sie sei auf der Suche nach einem Mädchen, welches eine Stelle als Kindermädchen in der Zeitung inseriert hätte. Sie wäre extra über 75 km weit gefahren, um jetzt hier zu sein. Nachbarn hätten sie auf ihre Recherche hin hierher ins Feld geschickt und nun wolle sie wissen, ob das Mädchen dasjenige sei, welches eine entsprechende Anzeige in der Zeitung geschaltet hätte. Frau Doktor hatte ins Schwarze getroffen.

So kam es, dass das Mädchen seinen Dienst bei Frau Doktor Friedrichsen und Herrn Professor Doktor Friedrichsen, einem Herzspezialisten, antrat. Sein Vertrag war auf ein Jahr festgelegt und enthielt alle vierzehn Tage ein freies Wochenende.

Auf das Mädchen wartete ein Haushalt mit vier Kindern, drei Mädchen und einem Jungen. Außerdem gab es noch einen Hund. Das Mädchen kam in eine Villa, die in einen Hang gebaut war. Von oben betrat man einen großzügigen Eingangsbereich. Dort führte der Weg in ein solides Speisezimmer, das eine Tür zu einer kleinen Küche aufwies. Vom Speisezimmer kam man auch ins Elternschlafzimmer, das einen extra Ankleideraum und ein Bad mit vergoldeten Armaturen hatte, ebenso in eine Art Büro, das gleichzeitig auch das Schlafzimmer des Jungen war. Ebenfalls gab es noch ein Gäste-WC und dann ging es drei Stufen hinunter ins Wohnzimmer. Dieses setzte das Mädchen in mächtiges Erstaunen, denn es war vom Grundriss her so groß, wie der Grundriss seines kompletten Elternhauses. In dieses Wohnzimmer kam es allerdings nach der ersten Besichtigung nie wieder, denn man lud das Mädchen nicht mehr dazu ein. Von der Küche und dem Speisezimmer führte je eine Treppe ins Untergeschoss.

Dort gab es ein Musikzimmer, eine Bibliothek, ein Kinderzimmer für die drei Mädchen, ein Bad und außer dem Keller noch einen Abstellraum. Und dieser war für das Mädchen als Unterkunft gedacht. Außer einem Bett und einem Schränkchen war nichts vorhanden. Dafür war ihr Fensterchen wie alle anderen Fenster im Untergeschoss mit einem stabilen schmiedeeisernen Gitter zum Schutz gegen Einbrecher versehen.

Die Kinder waren zehn, acht, sieben und fünf Jahre alt. Die Erstgeborene war ein freundliches, rotbackiges Mädchen, recht verspielt und in der ersten Klasse des Gymnasiums völlig überfordert. Das zweite Kind war ein Junge, hübsch anzusehen mit schwarzen Haaren und dunklen Wimpern. Die dritte war, wie sich bald herausstellte, eine zickige, freche Göre. Das jüngste Mädchen war wieder von sanftem Gemüt. Der Hund, genannt Whisky, war ein gestörtes Wesen. Er zeigte sich oft gestresst und verhielt sich ab und an sehr heimtückisch.

Außer dem Kindermädchen gab es noch eine Putzfrau, die zweimal die Woche vorbeikam. Frau Doktor kochte selber, aß aber nicht mit den Kindern, denn das war eine der Aufgaben für das Mädchen. Frau Doktor musste mit ihrem Essen warten, bis der Herr Professor gegen vierzehn Uhr nach Hause kam. Da er nicht alleine speisen wollte, musste seine Frau ihm Gesellschaft leisten, obwohl er manchmal so in Gedanken bei seiner Arbeit war, dass er kaum mit seiner Gattin redete.

Das Mädchen hatte in dieser Zeit die Aufgabe, die Kinder ruhig zu halten, denn der Herr Professor brauchte seine Erholungspause. So ging das Mädchen bei schönem Wetter mit den vier Kindern und dem Hund entweder auf einen nahegelegenen Spielplatz oder im angrenzenden Wald spazieren. Bei schlechtem Wetter musste es die Kinder in deren Zimmer leise beschäftigen, denn diese durften den Vater in seiner Ruhezeit nicht stören.

Dem Mädchen machte seine Arbeit Spaß, bis auf die überhebliche Art der Siebenjährigen. Als diese eine Geschichte vorgelesen haben wollte, sagte das Mädchen: *»Erst räumst du deine Spielsachen weg!«* Da streckte die Kleine ihm die Zunge heraus und plärrte: *»Meine Mama bezahlt dich, deswegen musst du alles machen, was ich will!«*

Handwerkern, die einmal im Garten zu tun hatten, streckte sie ihr kleines, nacktes Hinterteil durch die Gitterstäbe der Fenster entgegen und lachte sich schief dabei. Als das Mädchen mit den Kindern ausnahmsweise mal ins Kino gehen durfte, warnte dieses die Kleine, sie solle beim Überqueren der Straße auf die Autos aufpassen. Darauf meinte die Göre altklug: *»Wir sind Allianz versichert«*, und rannte ohne zu schauen über die Straße.

Der Junge hielt sich gern in der Gesellschaft des Mädchens auf. Als dieses ihn eines schönen Tages fragte, was er denn später mal lernen möchte, erklärte er sehr selbstbewusst: *»Ich werde entweder Polizist oder Pilot.«* Seine Mutter, die gerade dazu kam und dies mit angehört hatte, sagte im strengen Ton: *»Aber Junge, du wirst doch mal Arzt, so wie dein Vater und ich!«* Der Kleine wirkte verunsichert und sagte nichts mehr. Frau Doktor aber schaute von da an, dass der Junge sich nicht mehr alleine in der Gegenwart des Mädchens aufhielt.

Damit die Eltern eine ungestörte Nachtruhe haben konnten, war das Mädchen auch in der Nacht für die Kinder zuständig. Des Öfteren wurde sie von diesen geweckt und mit deren Angst konfrontiert. *»Ich kann nicht schlafen, eine Spinne sitzt auf dem Klo, ich habe vom Teufel geträumt ...«* usw. Von Nachtruhe konnte man hier nicht sprechen. Am frühen Morgen stand das Mädchen dann auf, weckte die Kinder, schaute, dass sie sich anzogen und machte ihnen ihr Frühstück. Frau Doktor verabschiedete dann die Kinder im Morgenmantel mit einem Küsschen in die Schule. Die Fünfjährige ging nicht in den Kindergarten, sie hatte ja ein Kindermädchen!

Am Abend, wenn dieses die Kinder ins Bett gebracht hatte, zog es sich in sein Kämmerchen zurück. Allerdings ließ Frau Doktor öfter mal eine Bemerkung fallen, wie z. B., sie hätten schon Mädels gehabt, die spätabends noch einen Kuchen für die Familie gebacken hätten. Damit drückte sie ihr Missfallen aus, dass das Mädchen sich zu wenig für die Familie engagieren würde.

Wenn Besuch kam, was selten passierte, stellte Frau Doktor immer ihre neuen Errungenschaften vor, z. B. Auto, Schmuck, Möbel usw. Ganz zum Schluss, so nebenbei sagte sie dann: *»Ach ja, das ist übrigens unser Kindermädchen.«* Dessen Name schien ihr nicht erwähnenswert.

Ja, Frau Doktor Friedrichsen war eine besondere Person. Nach außen wirkte sie sehr freundlich, aber sie hatte auch eine andere Seite. Sie war mit dem vierten Kind schwanger gewesen, als sie ihr Medizinstudium erfolgreich abgeschlossen hatte. Ihr Ehemann, der Herr Professor Doktor Friedrichsen, erlaubte seiner Frau aber nicht, ihren Beruf auszuüben, er meinte, sie hätte das nicht nötig. So war Frau Doktor mit ihrem Los sehr unzufrieden, das Leben als Mutter und Ehefrau füllte sie nicht aus. Wozu hatte sie denn Medizin studiert? Wenn sich mal jemand aus ihrem Bekanntenkreis an sie als Medizinerin wandte, gab sie dieser Person dann stundenlange Ratschläge, um ihr Wissen als Ärztin kundzutun.

Sie rächte sich auf unterschwellige Art und Weise an ihrem Mann. So holte sie das Mädchen manchmal ins Schlafzimmer und gab ihm die Anweisung, das Betttuch ihres Mannes abzuziehen. Eigentlich war dies die Aufgabe der Putzfrau. Das Mädchen wunderte sich jedes Mal über die Flecken, die das Leintuch aufwies. Es war zu jung, um zu wissen, dass es Spermaspuren waren und der Herr Professor Doktor Friedrichsen wohl mit sich selbst beschäftigt war. Vielleicht, weil Frau Doktor Friedrichsen ihm die »Liebe« verweigerte? Bei den Kindern sprach diese manchmal im nachsichtigen, ironischen Ton über deren Vater, z. B.: »*Na, Kinder, ihr wisst doch, euer Papa kann ja nicht mal einen Nagel in die Wand schlagen.*«

Frau Doktor gab das Geld ihres Mannes mit vollen Händen aus. Sie kaufte sich ständig neue Sachen zum Anziehen, ging einmal die Woche zur Maniküre und Pediküre, zur Kosmetikbehandlung und zweimal die Woche zum Friseur. Sie kam von dessen Besuch immer sehr aufgetakelt nach Hause, aber leider hatte sie dünne Haare und die Frisur fiel innerhalb kurzer Zeit in sich zusammen. Dies führte dann ganz schnell bei ihr zu einer schlechten Laune, die sie an dem Mädchen ausließ.

Es war Valentinstag. Die Einfahrt herauf kam ein Auto vom Fleurop Blumendienst. Frau Doktor wurde ganz aufgeregt. »*Nanu*«, sagte sie, »*wer schenkt mir denn zum*

Valentinstag Blumen?« Sie stürmte zur Tür hinaus, nahm einen schönen Blumenstrauß in Empfang und kam mit einem sauertöpfischen Gesicht zurück ins Haus. Sie warf den Blumenstrauß auf den Tisch und sagte kalt: »*Der ist für dich.*« Mit einem abschätzenden, herablassenden Blick fügte sie hinzu: »*Wer schenkt dir denn Blumen?*« Das Mädchen beantwortete diese Frage nicht und brachte die Blumen in sein Kämmerchen. Ein Verehrer aus der Heimat hatte sie ihm geschickt.

Einmal waren Handwerker im Haus gewesen. Eine Truppe von vier Männern, darunter ein junger, südländisch gutaussehender Bursche. Er flirtete gerne und Frau Doktor machte ihm schöne Augen und säuselte ihn an, bis sie merkte, dass seine Aufmerksamkeit dem Mädchen galt. Sofort änderte sie ihr Verhalten, zeigte sich ihm gegenüber in der Rolle der Auftraggeberin und ließ kein gutes Haar mehr an seiner Arbeit. Als der Bursche aber von ihrem Rosenstrauß eine ihrer wunderbaren Rosen abriss und dem Mädchen mit einer Kusshand zuwarf, brachte dieses unverschämte Verhalten das Fass zum Überlaufen. Frau Doktor beschwerte sich beim Vorarbeiter über das ungeziemende Verhalten seines Mitarbeiters, was bei diesem aber nur ein müdes Lächeln hervorrief. So ließ sie ihren Ärger wieder mal an dem Mädchen aus, indem sie über Tage hin unfreundlich zu ihm war.

Der Hund, ein Cockerspaniel, schien manchmal die Laune seines Frauchens zu übernehmen, denn auch er zeigte sich oft kläffend und launisch. Einmal biss er das Mädchen ins Bein, als dieses ihn auf einem Spielplatz von einem Kind, an dessen Bein er sich fest gepimmert hatte, wegziehen wollte. Frau Doktor machte kein großes Aufhebens um die Bisswunde.

Im Biergarten, wo das Mädchen bei einem nachmittäglichen Ausflug saß und mit den Kindern Limonade trank, machte sich der Hund plötzlich los und rannte davon. Es rief hinter ihm her: »*Whisky, Whisky!*« Da es aber die Kinder nicht alleine lassen konnte, blieb es leicht verzweifelt bei diesen sitzen. Kurz danach tauchte der Kellner auf und stellte ein Glas mit einer goldglänzenden Flüssigkeit vor das Mädchen. Dieses sagte, es habe nichts dergleichen bestellt. Der Kellner erklärte ihm, es hätte doch nach einem Whisky gerufen. Als es dem Mann erklärte, dass der Hund, der weggelaufen sei, Whisky hieße, schüttelte dieser den Kopf und sagte: »*Wie blöd muss man sein, um einen Hund Whisky zu nennen.*« Das Mädchen schämte sich, die Kinder lachten. Als sie nach Hause kamen, saß der Hund vor der Haustüre und kläffte ihnen entgegen.

Ganz am Anfang seines Dienstantrittes hatte das Mädchen nach einem Schlüssel für das Bad im Untergeschoss gefragt. Dieses Ansinnen wurde ihm von Frau Doktor verwehrt mit der Begründung, die Kinder könnten sich versehentlich einschließen. Darauf entgegnete das Mädchen, es würde den Schlüssel auch immer mit in sein Zimmer nehmen. Sein Einwand fruchtete bei Frau Doktor nicht, es bekam den Schlüssel nicht.

So geschah es. Als es sich zu später Stunde nach seinem verdienten Feierabend ein Bad gönnte, stand der Herr Professor Doktor plötzlich im Raum. Er hatte es nicht eilig wieder zu gehen, brachte tausend Entschuldigungen hervor, währenddessen das Mädchen seine Blöße notdürftig mit dem Badeschaum zu bedecken suchte. Ein andermal waren bei der hereinbrechenden Nacht vor dem Fenster des Mädchens merkwürdige Geräusche zu hören. Es dachte, der Hund würde vielleicht einen Knochen vergraben. So öffnete es das kleine Fenster und spähte durch die Gitterstäbe hinaus. Da sah es den Herrn Professor, wie er sich durch die Nacht davonschlich.

Ja, der Herr Professor war ein merkwürdiger Mann. Der Ausdruck »zerstreuter Professor« passte in mancherlei Hinsicht zu ihm. Als er einmal nach seinem Dienst nach Hause kam, es hatte den ganzen Tag geregnet, stellte er sich in den Garten, drehte den Wasserhahn auf und wässerte mit dem Gartenschlauch über eine Stunde den Rasen. Am Abend, wenn die Kinder im Bett lagen, kam er zu ihnen, um ein Gebet zu sprechen. Von ihren Sorgen und Anliegen wollte er nichts wissen. Sie sollten einfach zufrieden und ruhig im Bett liegen. Seine Älteste lebte direkt vor seinen Augen ihre Zwänge aus, sie drückte Tisch und Stuhl feste auf den Boden, damit diese in der Nacht nicht umfallen könnten. Der Herr Professor schaute weg und ermahnte seine Tochter, brav zu sein.

Am Wochenende aber besann er sich auf seine Vaterpflichten. Er packte Frau, Kinder und das Kindermädchen in das große Auto und fuhr mit ihnen in den Spessart. Bei einem bestimmten Treffpunkt stießen dann Herr Rechtsanwalt Sowieso mit Gattin, Frau Zahnärztin Sowieso mit Gatten, Herr Richter Sowieso mit Geliebter usw. zur Familie dazu. Die Bekannten der Familie Friedrichsen waren allesamt ohne Anhang.

Und los ging die Wanderung. Die Erwachsenen als fröhliche Truppe voraus, das Kindermädchen mit den maulenden, lustlosen Kindern hinterher. Denn das war seine Aufgabe, die Nachkommenschaft des Herrn Professors und der Frau Doktor bei guter Laune zu halten. So überlegte es sich Wettbewerbs- und Fragespiele wie z. B. *»Wer sieht den großen Stein als Erster und wer kann schnell dorthin rennen«*, um die Kinder zu animieren, einigermaßen mitzulaufen. Der Herr Professor aber dachte am Abend zufrieden mit sich selbst, dass er seine Vaterpflichten für eine Woche ausreichend erfüllt hätte. Für das Mädchen hingegen waren diese schweißtreibenden Ausflüge die Hölle und niemand dankte es ihm.

Nach einem Jahr endete sein Arbeitsverhältnis. Der Abschied war auf beiden Seiten unterkühlt. In den Augen der Frau Doktor hatte das Mädchen nicht ihren Erwartungen entsprochen. Einzig die Kinder, bis auf die krätzige Siebenjährige, schienen traurig zu sein, dass es fortging. Der Herr Professor Doktor Friedrichsen aber drückte ihm stillschweigend zehn Mark in die Hand und kam sich edel dabei vor.

Das Mädchen, das vom Bauernhof gekommen war, hatte einen Einblick in die Welt der Privilegierten und Reichen werfen können. Sein ehemaliges Bild von dieser elitären, hochgestellten Bürgerschicht hatte sich nach einem Jahr in deren Gesellschaft grundlegend verändert. Die Herrschaften waren vom Podest gestürzt.

Der Senner von der »Grufti«-Alm

Sie hatte die Nacht durch getanzt. Als sie die Musikkneipe verließ, schimmerte das erste Morgenlicht bereits am Himmel. Sie fuhr mit ihrem Auto heimwärts, da wurde sie von einer Polizeistreife angehalten. Es folgte die übliche Prozedur, Führerschein, Erste-Hilfe-Kasten, Warndreieck usw. Sie konnte alles ohne Probleme vorzeigen. Die beiden jungen Polizisten wirkten fast enttäuscht, dass sie ihr kein Versäumnis nachweisen konnten.

Zum Schluss sagte der eine sehr süffisant zu ihr: »*Was macht denn eine junge Lady um diese Zeit so ganz allein auf der Straße?*« Daraufhin schaute sie ihn mit traurigen Augen an und gab treuherzig zur Antwort: »*Das kann ich dir erklären. Meine Oma ist gestorben und ich habe die ganze Zeit an ihrem Bett die Totenwache gehalten.*« Der Polizist verstummte augenblicklich und sein Kollege schickte sie mit den Worten nach Hause: »*Na, dann fahren Sie schnell weiter, damit Sie noch ein bisschen Schlaf bekommen, bevor die Nacht vorbei ist.*« Was sie dann auch tat. Tanzen macht schließlich müde.

Allerdings schlief sie nicht lange, denn sie hatte vor, einiges in der Stadt zu erledigen. Unter anderem wollte sie Stoff kaufen, denn sie hatte Lust, sich ein Sommer-T-Shirt zu nähen. So schlenderte sie noch etwas müde durch die Stadt. Zeit hatte sie genug, es waren Ferien, und sie würde erst in ein paar Wochen wieder arbeiten müssen.

In Gedanken war sie noch bei der letzten Nacht. Sie hatte beim Tanzen ein männliches Gegenüber gehabt, welches sich mit der gleichen Entrückung wie sie selbst dem Tanze hingab. Sie lagen in ihrer Begeisterung auf der gleichen Welle, verrenkten ihre Gliedmaßen in ekstatischen Bewegungen und schüttelten ihre langen Mähnen wild zur Musik. Er trug sehr enge Jeans, an denen sich einiges verheißungsvoll abzeichnete. Als er sie dann an der Bar zu einem Drink einlud, waren sie sich auch verbal schnell näher gekommen. Hoppla, hatte sie gedacht, da könnte heute Nacht noch mehr laufen. Er glaubte wohl dasselbe und fragte, ob sie Lust hätte, mit ihm auf seine Studentenbude zu kommen. Er hätte auch ein paar scharfe Videokassetten zuhause und sie könnten es sich so richtig gemütlich machen.

Das war der Wendepunkt für sie gewesen. Ihr Interesse an ihm schmolz augenblicklich dahin. So laut wie möglich, damit auch alle Umstehenden es hören konnten, sagte sie: »*Na, dann viel Spaß beim Pornoschauen.*« Damit hatte sie ihn stehen lassen und war wieder auf die Tanzfläche zurückgegangen. Ja, dachte sie vor sich hin schmunzelnd, die letzte Nacht war doch sehr unterhaltsam gewesen.

Nun steuerte sie einen Stoffladen an und kam an einem Tchibo-Laden vorbei. Eher uninteressiert schaute sie träge in die Auslage. Doch was sie dann sah, riss sie aus ihrer Schläfrigkeit. Da stand ein Mann am Tisch des Steh-Cafés, der gerade seine Tasse zum Mund hob und ihr dabei direkt in die Augen schaute. Er war eine solch außergewöhnliche Erscheinung, dass sie sogleich dachte: Lieber Gott, von welcher Bergalm haben sie den denn herunter gelassen?

Fasziniert starrte sie ihn an. Er war sehr groß, hatte ganz kurze Haare, was seine auffällige Nase unvorteilhaft ins Gesicht springen ließ und trug einen langen Rauschebart, der ihm bis zur Brust reichte. Das i-Tüpfelchen aber waren die Klamotten, die er trug. Er hatte tatsächlich eine Trachten-Strickweste und eine braune Cordhose an. Sein Alter konnte sie schlecht einschätzen, aber er sah aus wie ein Grufti. Sie war in ihrer Verwunderung ob dieser ungewöhnlichen Erscheinung auf der Straße stehengeblieben und glotzte dieses Wesen ungläubig an. Und dieses glotzte zurück. Schließlich riss sie sich von dessen Bild los und ging um die Ecke einen Häuserblock weiter.

In Gedanken versunken an das, was sie gerade gesehen hatte, blieb sie vor einem Schuhgeschäft stehen und stierte in die Auslage. Dabei fiel ihr ein, dass sie gar nicht auf seine Schuhe geachtet hatte. Was er wohl für welche trug? Diese Frage konnte sie sich gleich selbst beantworten, denn dicht neben ihr stand plötzlich eine Person mit Wanderstiefeln. Sie blickte auf und erkannte zu ihrem Erstaunen diesen eigenartigen Menschen, dem sie bereits in ihrer Phantasie den Namen »Der Senner von der Grufti-Alm« gegeben hatte.

Dieser wirkte nun sehr verlegen, wurde ganz rot im Gesicht und sagte: »*So derf mer aber an fremden Mo net anschaue.*« Himmel, dachte sie, er spricht auch noch Dialekt!

Sie brauchte auf diesen Schreck hin einen Augenblick Zeit, um sich wieder zu sammeln. Währenddessen redete der »Senner« munter drauf los. Er wäre Assessor in Kunstgeschichte und würde bald eine Stelle am hiesigen Mädchengymnasium antreten. Er suche deshalb eine Wohnung in der Stadt. Zurzeit wäre er bei Bekannten untergekommen, die gerade im Urlaub seien.

Dann stellte er ihr die Frage, wohin sie denn gerade unterwegs wäre. Sie sagte ihm, sie wolle Stoff kaufen, um sich ein Sommer-T-Shirt zu nähen. Daraufhin strahlte er über das ganze Gesicht und meinte, er würde gerne mitkommen. Er hätte schon von Berufs wegen Interesse an den verschiedensten Stoffarten. Da sie einerseits immer noch von seiner wundersamen Erscheinung geplättet, andererseits aber auch neugierig auf dieses seltsames Geschöpf war, lehnte sie dessen Wunsch nicht ab. Irgendwie hatte sie allerdings die Lust am Stoffeinkauf verloren und da es ein sonniger Tag zu werden schien, machte sie ihm den Vorschlag, zum Fluss zu gehen und dort ein Eis zu essen.

Der »Senner« war von ihrer Idee auch sofort begeistert und so landeten sie mit einem Eis auf der Kaimauer. Sie ließen ihre Füße darüber baumeln und unterhielten sich über Gott und die Welt. Es stellte sich heraus, dass er ein angenehmes Wesen hatte. Er strahlte irgendwie etwas Unschuldiges und Warmherziges aus, sodass sie im Lauf des Tages fast sein ungewöhnliches Aussehen vergaß.

Als der Abend nahte, erklärte sie ihm, dass sie jetzt gehen müsse. Sie wäre sehr müde, da sie die Nacht zuvor durchgetanzt hätte. Daraufhin schaute der »Senner« sie treuherzig an und sagte in einem flehenden Ton: »*Bitte lass mich heute Nacht nicht alleine.*« Dabei sah er so verletzlich wie ein kleiner Junge aus. Sie dachte bei sich: Na gut, dann kann ich meine Studien über »Dreibeiner« noch mehr ausbauen, und so gab sie seinem Wunsch nach, zumal ihr bisher ein solches Exemplar wie dieses sprichwörtlich noch nicht untergekommen war.

So geschah es, dass sie mit dem »Senner« in der Wohnung landete, die seine Bekannten ihm zur Verfügung gestellt hatten. Zum Abendessen hatten sie sich ein knuspriges Hähnchen gekauft, das sie nun mit großem Genuss verspeisten. Nach dem Essen legte er Musik auf und sie fingen an zu tanzen. Sie staunte, dass er sich für seine Größe erstaunlich locker bewegte und sie hatten beide viel Spaß miteinander.

Zu später Stunde fing er dann an, auf eine unbeholfene Art mit ihr zu flirten und sie zaghaft zu berühren. Er fragte schüchtern, ob er sie auch mal küssen dürfe. Ja, es stellte sich heraus, dass er noch nie eine Frau geküsst, geschweige denn einer Frau beigelegen hätte, obwohl er vier Jahre älter war als sie. Oh, dachte sie bei sich, da gibt es noch einiges an Entwicklungshilfe zu leisten. Deshalb zeigte sie ihm achtsam, was einer Frau beim Liebesspiel gefiel. Er war tatsächlich ein guter Lehrling, doch als es dann um das »Eingemachte« ging, war es bei ihm schnell vorbei. Er schämte sich deswegen und bat sie um Verzeihung.

Normalerweise verließ sie ihre »Mitternachtshäppchen« immer nach dem Liebesspiel, aber beim »Senner von der Grufti-Alm« wollte sie in dieser Nacht bleiben, worüber sie selbst erstaunt war. Dieser legte dann zärtlich den Arm um sie und so schliefen beide ein. In der Nacht kläffte ein Hund auf der Straße und der »Senner« stand auf, um aus dem Fenster zu sehen. Dann kam er zurück zu ihr ins Bett und fing an, sie behutsam forschend zu streicheln. Sie wandte sich ihm zu und dieses Mal hatte er genug Stehvermögen. Mit einem kleinen Schrei: »*Jetzatla*« lag er strahlend und glücklich neben ihr. Eine Telefonnummer gab sie ihm am Morgen trotzdem nicht.

Tage später, nachdem sie in der Stadt endlich den Stoff für ihr Sommer-T-Shirt gekauft hatte, ging sie zu ihrem Auto am Parkplatz zurück. An der Windschutzscheibe hing ein Zettel mit den Worten: »Liebe Grüße von M…« Im Moment fiel ihr nicht ein, wer dieser M… sein könnte. Zumal sie einige M's kannte. Sie überlegte gerade noch fieberhaft, da stand er auch schon vor ihr. Oh Gott, dachte sie, der »*Senner von der Grufti-Alm!*« Sie hatte ihn tatsächlich ganz vergessen, vielleicht weil sie keine Lust hatte, sich ihm in Liebesdingen weiterhin als Entwicklungshelferin zur Verfügung zu stellen.

Da stand er nun also vor ihr und lächelte sie unsicher an. Er errötete wieder, wie bei ihrer allerersten Begegnung. Irgendwie berührte sie dieses Verhalten von ihm. Es gelang ihr, ihm zu verheimlichen, dass sie sich nicht mehr an ihn erinnert hatte. Er beichtete ihr, dass er ihr Auto erkannt und den Zettel mit der Grußbotschaft an den Scheibenwischer geklemmt hätte. Dann hätte er sich, wobei er schon wieder errötete, sozusagen auf die Lauer gelegt und gewartet, bis sie zu ihrem Auto zurückgekommen sei. Na schau mal an, dachte sie, der »Senner«

legt sich aber mächtig ins Zeug. Sie war wirklich beeindruckt! Als er sie dann für den Abend ins Theater einlud, sagte sie nicht Nein.

So kam es, dass sie tatsächlich mit dem »Senner von der Grufti-Alm« ein Paar wurde. Er hatte inzwischen eine kleine Wohnung gefunden, wo sie ihm weiterhin Entwicklungshilfe in der Liebe zukommen ließ. Er lernte schnell und holte mit ihr nach, was er all die Jahre verpasst hatte.

Sie war es auch, die ihm dann klarmachte, dass er als Lehrer in einem Mädchengymnasium nicht wie ein Senner auftreten könne. Wenn er von den Mädels ernst genommen werden wolle, müsse er sein Äußeres verändern. Sie wirkte darauf hin, dass er seinen Rauschebart abnahm und sich einen schmucken Schnäuzer stehen ließ. Dieser kaschierte seine extravagante Nase. Sie brachte ihn auch dazu, Abschied von seinen Trachten-Strickjacken und den Cordhosen zu nehmen. Flotte Jeans und T-Shirts veränderten sein Erscheinungsbild gewaltig zum Positiven. Durch seine Erfahrungen im Liebesleben mit ihr hatte er auch als Mann neues Selbstbewusstsein gewonnen.

So stieg der »Senner von der Grufti-Alm« wie Phönix aus der Asche empor. Die Damenwelt wurde zunehmend aufmerksam auf ihn und schon bald hatte er nun selbst Einladungen für manches Abenteuer am Scheibenwischer seines Autos stecken. Seine Haare wuchsen und kräuselten sich in wunderschönen Locken, welche ihn noch attraktiver machten.

Dann eines Tages musste sie sich eingestehen, dass sie sich ernsthaft in ihn verliebt hatte. Doch da bei ihm noch so viel Nachholbedarf in Liebesangelegenheiten anstand und er mit dem ganzen Rummel, den die Frauen um seine Person machten, nicht klarkam, konnte und wollte er sich nicht auf eine feste Beziehung mit ihr einlassen. So gab sie ihm die Freiheit, auch mit anderen Frauen Erfahrungen machen zu dürfen. Dabei aber ging es ihr nicht gut. Sie hatte dem »Senner von der Grufti-Alm« Starthilfe in Liebesdingen geleistet, und was hatte sie nun davon? Kummer und Schmerz! Sie fühlte sich mit der Zeit wie Aschenputtel, ungeliebt und ungesehen.

Ganze vier Jahre lebte sie diese Rolle. Doch dann kam wie im Märchen ein Prinz daher, erlöste sie aus ihrem Leid und machte sie zu seiner Prinzessin. Aber das ist eine andere Geschichte.

Der Hexen-Spruch

Ihre Mutter hatte sechs Kinder geboren. Deshalb wäre eine große Familie auch ihr Traum gewesen. Doch zu ihrem Leidwesen stellte sich keine Schwangerschaft bei ihr ein. Nachdem zwei Jahre an ihr »herumgedokert« worden war, war der Arzt auf die Idee gekommen, ihren Mann auf seine Fruchtbarkeit testen zu lassen. Dabei hatte sich herausgestellt, dass die Unfruchtbarkeit an ihm lag.

Allerdings hatte sich durch die vielen Untersuchungen, die sie im Laufe der Zeit über sich ergehen lassen musste, bei der Frau eine Abneigung zu ihrem Bauch eingestellt. Instinktiv spürte sie, dass sie diesem eine andere Lebendigkeit geben müsse, um nicht in allzu große Traurigkeit zu versinken, denn Ihr Leib würde niemals fruchtbar sein.

So meldete sie sich zu einem Bauchtanzkurs an. Zum Glück hatte sie eine Lehrerin, die den Tanz nicht nur als sportliche Leistung verstand, sondern außer dem Leib auch die Psyche mit einbezog. Dieses Angebot entsprach ihr sehr und sie konnte sich immer mehr für die Kraft und Stärke, die dieser Tanz mit sich brachte, begeistern.

Mit der Zeit traute sie sich sogar, sich mit ihrem Können zu zeigen und trat bei Feiern im Familien- und Freundeskreis auf. Nachdem sie dann einmal nach einem

Auftritt gefragt wurde, ob sie selbst Kurse anbieten würde, verneinte sie zwar, befasste sich aber zunehmend mit dem Ursprung dieses Tanzes. Wo hatte er seine Wurzeln, wie entwickelte er sich im Laufe der Zeit? Dabei stieß sie auf Bücher von Marija Gimbutas. Diese war Archäologin und hatte die Geschichte der Frau über Jahrtausende hinweg erforscht. Marija Gimbutas hatte bekannt gemacht, dass die offizielle Geschichtsschreibung erst begann, als der Mensch Gott und Göttin verehrte. Die Zeit zuvor, als es eine rein weibliche Gott-Verehrung gab, fällt in den Geschichtsbüchern meist unter den Tisch.

So gibt es archäologische Funde, die mehr als dreißigtausend Jahre alt sind. Sie stellen kleine, weibliche Figürchen dar, meist ohne Kopf, aber mit großen Brüsten und einer auffällig betonten Vulva. Diese Skulpturen sollten Symbol für die Fortpflanzung sein und die Fruchtbarkeit der Frau zeigen. In der Vorstellung der vorgeschichtlichen Gesellschaft entstand nämlich das Leben allein durch die Frau und dadurch sorgte diese für den Bestand der Sippe. Da die Frau im Zyklus des Mondes menstruierte, gab es die Anbetung der Mondgöttin. Auch die Erde wurde als Göttin verehrt, da sie im Wandel der Jahreszeiten immer wieder neues Leben hervorbrachte. Um den Göttinnen zu huldigen, wurden religiöse Rituale zelebriert, zu denen auch der Tanz gehörte. In vielen Wandzeichnungen wurden damals schon tanzende Frauengestalten abgebildet, die zur Ehre dieser Göttinnen tanzten. Wie man an den Abbildungen erkennen kann, kam dieser Tanz aus dem Bauch heraus, dem Ort, der den Ursprung des Lebens bedeutete.

Als der Mann später dann entdeckte, dass nur mit Hilfe seiner Spermien Leben entstehen kann, entwickelte sich die gleichberechtigte Verehrung von Gott und Göttin. Diese Religion hielt sich lange Zeit in allen Zivilisationen, bis die alleinige männliche Gott-Verehrung dann die Vormacht errang. Die Frau verlor ihre bis dahin angesehene gesellschaftliche Position. Sie wurde mit der Zeit entmündigt und erniedrigt.

Die einzige Frau, die in der christlichen Religion als Heilige überleben durfte, war Maria. Sie durfte allerdings nur in der Rolle der Jungfrau und Mutter auftreten. Erstaunlicherweise wird Maria in vielen Darstellungen meist mit heidnischen Symbolen präsentiert. So sieht man sie manchmal auf einer Mondsichel stehen, dem Zeichen der Mondgöttin, oder mit einer Lilie in der Hand, dem Zeichen der Göttin Lilith. Auch ruht ihr Fuß öfters auf dem Kopf einer Schlange. Diese war ein heiliges Symbol der Göttin Hygieia. Auch um den Stab des Äskulap ist die Schlange gewickelt, als Zeichen von Weisheit und Wandlung. Die Kirche hat später aus der heiligen Schlange ein Symbol des Teufels gemacht. Maria sollte bildlich dargestellt der Schlange und somit dem Teufel den Kopf zertreten.

Im Mittelalter bekamen Frauen die Macht der Männer besonders zu spüren. Sie mussten gehorsam sein und durften sich durch nichts hervorheben. Sich mit ausgelassenen Tänzen zu zeigen, war ihnen verboten. Es waren die außergewöhnlichen Frauen, die Heilkundigen, die Hebammen, die Kräuterfrauen, die unter kritischer Beobachtung standen. Ihre Dienste wurden zwar gebraucht, und doch wurden sie misstrauisch überwacht, da man ihnen nachsagte, dass sie ihre Kräfte nur mit Hilfe des Teufels einsetzen könnten.

Seit dem Sündenfall im Paradies galt die Frau in den Augen der Kirche als Gefahr für die Tugendhaftigkeit der Männer. Ihre Sinnlichkeit und erotische Ausstrahlung musste unterbunden werden, denn diese waren ja die Handlanger des Teufels. So wurden unzählige Frauen zu Hexen erklärt, wurden gefoltert und verbrannt. Die Darstellung der Hexe im Märchen als hässliche Alte entspricht nur teilweise dem realen Hexenbild, denn die sogenannten »Satansweiber« waren oft durchaus junge, hübsche Frauen, die sich der Heil- und Geburtskunde zugewandt hatten.

Sie hatte sich also gut auf eigene Seminare mit dem Thema »FrauSein – Bauchtanz – Lebensfreude« vorbereitet und startete ihre Kurse mit Erfolg. Als ihre Mutter das erste Mal erfuhr, dass ihre Tochter sich dem Bauchtanz zugewandt hatte, war sie entsetzt gewesen. Sie bezeichnete den Tanz als »Schweinskram« und meckerte, dass ihre Tochter lieber zur Frauen-Gymnastik gehen solle. Doch als sie sie dann das erste Mal tanzen sah, war sie von Stund an deren größte Bewunderin. So forderte sie ihre Tochter immer öfter auf, sich bei Festen als Tänzerin zu zeigen und erfreute sich an der Anerkennung, die diese dann von den Zuschauern bekam.

Doch dann passierte es. Ihre Mutter hatte Krebs und lag im Krankenhaus. Trotz ihrer Chemobehandlung war sie fröhlich und hatte großes Gottvertrauen, dass es ihr bald wieder besser gehen würde. Sie lag in einem Zimmer mit drei anderen Frauen, die alle im vorgerückten Alter schienen. Die Frau besuchte ihre Mutter so oft wie möglich. Eines Tages, als sie zur Abendstunde bei ihr auf dem Bett saß, kam ein Krankenpfleger herein.

Dieser Mann war keiner von den Schönsten, doch so, wie er im Raum herumstolzierte, schien er ein aufgeblasenes Ego zu besitzen. Er fing auch sofort an mit ihr zu flirten. So ganz nebenbei verrichtete er seine Aufgaben an den Patientinnen. Die Mutter bemerkte schnell das Interesse des Pflegers und fing an, ihm von den Bauchtanzkünsten ihrer Tochter zu erzählen. Er zeigte sich neugierig, stellte Fragen an diese, die sie nur sehr einsilbig beantwortete. Es gefiel ihr nicht, dass die Mutter so mit ihr prahlte.

Im Laufe der Unterhaltung ging der Pfleger dann zu einer Patientin, die gerade mit ihrer Familie telefonierte. Dieser streckte er wortlos die Hand hin, worauf die alte Frau ihr Gebiss widerstandslos aus dem Mund nahm und es ihm gab. Er legte es in ein Wasserglas und ging weiter zur nächsten Patientin. So musste die alte Dame nun ohne Zähne weiter telefonieren. Die Frau konnte kaum glauben, was sie gerade gesehen hatte. Ob diesem respektlosen Verhalten des Pflegers der Patientin gegenüber fehlten ihr erst mal die Worte.

Wieder zuhause angekommen, war sie wegen dieser entwürdigenden Situation, die sie miterlebt hatte, entsprechend aufgeregt und konnte lange nicht einschlafen. Am nächsten Tag, als sie ihre Mutter wieder besuchen wollte, kam sie am Schwesternzimmer der Station vorbei. Die Tür stand offen und der Pfleger saß breitbeinig und grinsend auf einem Stuhl. Er winkte sie selbstgefällig zu sich ins Zimmer und sagte, dass er sich gerne mit ihr verabreden wolle und ob sie am Abend mit ihm ins Kino gehen würde.

Da spürte sie eine mächtige Welle des Zorns in sich aufsteigen. Mit dem Wissen um all die Demütigungen, die die Frauen im Laufe der Zeit von Männern erfahren mussten, wurde sie nun richtig wütend. So streckte sie ihren linken Arm aus, spreizte Zeigefinger und Mittelfinger wie ein V auseinander und ging auf den Pfleger zu. Sie rückte ihm so dicht auf den Leib, dass er auf seinem Stuhl zurückweichen musste, um von ihren Fingern nicht in die Augen gestochen zu werden. Sie blitzte ihn wütend an und sagte: »*Wenn du noch einmal einem Menschen, während er telefoniert, das Gebiss abnimmst, sollen dir sämtliche Zähne im Mund verfaulen und ausfallen, du hässliche Kröte.*« Rückwärts gehend, immer noch den Arm ausgestreckt auf ihn gerichtet, entschwand sie aus der Tür. Er starrte ihr wie ein hypnotisiertes Kaninchen nach.

Sie aber war mächtig stolz darauf, die Würde der alten Frau auf diese Weise wieder etwas hergestellt zu haben. Sie fühlte sich ein bisschen wie eine Hexe und dachte, dass sie wohl damals im Mittelalter verbrannt worden wäre.

Saunageschichten

Der Spanner

Die Sauna aufzusuchen, bedeutete für die Frau, sich innerlich und äußerlich zu reinigen. Sie hielt es mit den Indianern, die das Ritual der Schwitzhütte vollzogen, um Kontakt mit dem Großen Geist und den Urahnen aufzunehmen. Sie hatte auch selbst schon die Zeremonie der Schwitzhütte erlebt und entsprechende Erfahrungen gemacht. In einer normalen Sauna konnte sie nur ansatzweise an dieses Ritual anknüpfen. So war sie am liebsten alleine im Schwitzraum, um ihren Gedanken nachzuhängen, wie auch dieses Mal.

Die Frau legte sich entspannt auf den Rücken und fing an zu meditieren. Da öffnete sich die Tür und ein Mann kam herein. Er war eine auffällige Erscheinung, denn er hatte eine körperliche Behinderung. Seine Hände wuchsen direkt aus den Schultergelenken. Ein anzügliches Lächeln umspielte seine Mundwinkel. Obwohl dieses die Frau irritierte, schloss sie dennoch die Augen, um ganz bei sich zu sein. Doch irgendwie schob sich das eigenartige Grinsen des Mannes immer wieder vor ihr geistiges Auge und sie dachte: Schau doch mal nach, was dich so verunsichert.

Der Mann saß auf gleicher Höhe im rechten Winkel zu der Frau. Er hatte sich stark zu ihr herübergebeugt und glotzte ihr geradewegs zwischen die Beine. Sie sagte ganz ruhig: »*Was machen Sie denn da?*«

Er richtete sich wieder auf und grinste unverhohlen. »*Sie schauen mir zwischen die Beine*«, sprach die Frau. Darauf erwiderte er frech: »*Darf ich das nicht?*«, und sie entgegnete: »*Da müssen Sie mich vorher fragen!*«

So fragte er, ob er ihr wohl zwischen die Beine schauen dürfe. Da herrschte ihn die Frau im strengem Ton an: »*Nein, das dürfen Sie nicht und wenn Sie nicht sofort verschwinden, melde ich Sie dem Sauna-Meister und dann bekommen Sie hier Hausverbot für alle Ewigkeit.*« Daraufhin verzerrte sich das Gesicht des Mannes zu einer hässlichen Grimasse. Er fauchte sie an: »*Du frustrierte Zicke!*«, und ging hinaus. Als sie ihren Saunagang beendete, war er verschwunden und sie sah ihn nie wieder.

Der Fummler

Der Saunabereich war sehr gut besucht. Alle Saunen waren stets belegt. Schade, dachte die Frau, ich werde heute wohl kaum die Gelegenheit haben, alleine schwitzen zu können. Sie entschied sich, in die finnische Sauna zu gehen. Als sie die Tür öffnete, richteten sich alle Blicke auf sie. Komisch, dachte sie, vielleicht liegt es an dem Turban auf meinem Kopf. Sie hatte sich einen aus einem Handtuch gewickelt.

Bis auf zwei Plätze waren alle besetzt. So quetschte sie sich neben einen älteren Herrn. Die Luft war sehr heiß, die Frauen und Männer schwitzten entsprechend. Ansonsten war Stille. Verstohlene Blicke gingen hin und her. Ja, auch sie schaute sich um, und da sah sie ihn. Er saß ganz oben in der Ecke und fummelte an seinem »Gemächt« herum. Sein Pimmel stand bereits auf Halbmast.

Mit Erstaunen stellte die Frau fest, dass wohl außer ihr niemand etwas bemerkte. Der alte Mann neben ihr stupste sie plötzlich in die Seite und fragte sie belustigt, ob sie wohl zu den Kopftuchfrauen gehören würde. Sie war völlig irritiert ob dieser Frage. Ja gut, es gab zurzeit die Diskussion, ob muslimische Frauen in öffentlichen Stellungen Kopftuch tragen dürften. Aber nur, weil sie sich ein Handtuch um den Kopf geschlungen hatte, brauchte der alte Mann nicht so dumm zu fragen. Sie dachte, was interessiert er sich überhaupt für meinen

Turban, sieht er denn nicht, was der Mann dort oben in der Ecke treibt?

Die Frau hielt nicht länger an sich und fragte in die Runde: *»Merkt hier keiner, dass der Kerl da oben ständig an sich herumfummelt?«* Alle starrten sie jetzt wieder mit größtem Interesse an. Keiner warf auch nur einen Blick zu dem Mann, der nun tatsächlich aufhörte, mit seinen »Klunkern« zu spielen. Da sagte der alte Mann im ironischen Ton zu ihr: *»Wo Sie aber auch hinschauen!«* Der Frau verschlug es ob dieser Aussage die Sprache. Betretenes Schweigen machte sich breit. Dann hörte man eine ältere Dame laut und deutlich in die Stille sagen: *»Na, Pfui Teufel, das macht man nicht in der Öffentlichkeit, wir Frauen spielen doch auch nicht an unserem Zeugs herum!«* Daraufhin erhob sich der Fummler und verließ die Sauna.

Plötzlich veränderte sich die Atmosphäre im Raum, die peinliche Situation schien gebannt und die Saunagäste diskutierten jetzt angeregt miteinander. Es wurde sogar gelacht und der alte Mann sagte zu der Frau neben sich: *»Jetzt haben Sie die Stimmung aber ganz schön angeheizt!«*

Der Rauschgoldengel

Die Frau beschloss, mit ihrer Freundin ins Schwimmbad zu gehen. Sie hatten bereits ein paar Bahnen im
Schwimmbecken hinter sich gebracht und klebten nun
am Beckenrand, um sich zu unterhalten. Da sie sich lange
nicht gesehen hatten, gab es ja auch viel zu erzählen. Da
öffnete sich die Schwingtür zu den Duschräumen der
Herren und ein junger, großer, schlaksiger Mann betrat
die Schwimmhalle. Das Auffallende an ihm waren sein
liebreizendes Gesicht und seine blonde Lockenpracht, er
sah aus wie ein leibhaftiger Rauschgoldengel. Ohne sich
weiter umzuschauen, ging er zielstrebig zum Nicht-
schwimmerbecken.

Dort planschte der junge Mann dann übermütig im
Wasser, hüpfte immer wieder hoch, warf die Arme in die
Luft, schaufelte mit seinen Händen Wasser und kippte
dieses in einer Kaskade von Wasserperlen über seinen
mageren Leib. Er war wie ein kleiner unschuldiger Junge,
der große Freude am Spiel mit dem Wasser hatte. Doch
immer, wenn er hochsprang, zeigte sich deutlich, dass er
kein kleiner Junge mehr war, denn seine weiße, durch
das Nass des Wassers fast durchsichtige Badehose lenkte
den Blick auf ein sehr ausgeprägtes männliches Organ.

Die Frau und ihre Freundin schauten sich vielsagend
an. Der junge Mann schien von allem, was um ihn herum
passierte, nichts mitzubekommen und hatte weiterhin
viel Spaß mit seinen Wasserspielchen. Die zwei Frauen

dachten inzwischen nicht mehr ans Schwimmen! Sie warteten jedes Mal gespannt auf den nächsten Hopser, den der Junge zu ihrer Freude auch immer wieder machte.

Dieses Schauspiel war das Beste, was sie seit langem zu sehen bekommen hatten. Sie verfolgten gebannt das Treiben gegenüber. Sie schwiegen, denn Worte hätten die besondere Atmosphäre nur gestört. So klebte die Frau wie gebannt mit ihrer Freundin die ganze Zeit am Beckenrand. Nach einiger Zeit der Ausgelassenheit verließ der junge Mann zu ihrem Bedauern, ohne sich groß umzusehen, das Schwimmbecken und ging durch die Schwingtür in die Herrendusche, aus der er gekommen war.

Da erwachten die Frauen beide wieder zum Leben. Nur langsam kamen sie aus einer anderen Welt zurück. Sie schauten sich bedeutungsvoll an, sprachen aber nicht über das Gesehene. Nach diesem besonderen Ereignis hatten sie keine Lust mehr zum Schwimmen. Deshalb entschlossen sie sich noch zu einem Besuch in der Sauna im Untergeschoss des Schwimmbades.

Dort suchten sie die Bio-Sauna auf. Als sie die Tür derselben öffneten, saß der Rauschgoldengel breitbeinig in all seiner Pracht auf der mittleren Bank. Er schaute ihnen mit offenem Blick entgegen. Die Frauen waren beide sehr verlegen, als sie ihn dort unerwartet so selbstverständlich sitzen sahen.

Irgendwie überlebten sie dann doch die schweißtreibende Zeit und als sie aus der Sauna kamen, saß der Rauschgoldengel, der vor ihnen hinausgegangen war, am Fußwaschbecken. Er lächelte sie engelsgleich an. Vielleicht täuschten sie sich, aber sein Lächeln hatte auch etwas Verschwörerisches an sich. Hatte er vielleicht doch bemerkt, dass sie ihn im Schwimmbad die ganze Zeit angestarrt hatten? Die Freundin der Frau war inzwischen ob des Verhaltens des jungen Mannes völlig verunsichert. So wollte sie nur noch duschen gehen und das Schwimmbad so schnell wie möglich verlassen.

Die Freundin war längst wieder abgereist und die Frau hatte nach einer längeren Pause wieder mal Lust auf einen Besuch im Schwimmbad. Dort schwamm sie ein paar Bahnen hin und her und war in Gedanken bei dem Geschehen, das sie hier vor Ort mit ihrer Freundin erlebt hatte. Sie entschied sich nach dem Schwimmen zu einem anschließenden Sauna-Besuch.

Seltsamerweise war sie nicht überrascht, als sie den Rauschgoldengel dort antraf. Er schien sie auch zu erkennen, denn er sprach sie sogleich an und fragte nach ihrer Freundin. So kamen sie ins Gespräch, machten ein paar Saunagänge zusammen und verstanden sich auf Anhieb gut. Sie sprachen über Gott und die Welt. Er war für das Thema Spiritualität sehr aufgeschlossen, und so schwebten sie auf einer geistigen Wellenlänge gemeinsam dahin.

Nach dem letzten Saunagang suchten sie das Freigelände des Saunagartens auf. Sie waren die einzigen Saunagäste, die sich dort aufhielten. So saßen sie dicht nebeneinander auf einer Bank. Plötzlich bemerkte die Frau, dass sich beim Rauschgoldengel etwas zwischen seinen langen Beinen bewegte. Sie sah, dass der Kopf seines Gliedes sich langsam erhob und der Rest kräftig pulsierte. Schließlich ragte sein bestes Stück frech und stark in die Höhe.

Sie hatte die Wandlung dieses Körperteiles mit Interesse verfolgt und schaute den jungen Mann erstaunt an. Dann raunte sie ihm zu: »*Na, du traust dich aber was!*« Er zeigte sein unschuldiges Engelslächeln und sagte: »*Ich habe mit meinem inneren Lehrer Rücksprache gehalten, ob ich mich mit meiner männlichen Lebenskraft so vor dir zeigen dürfe, und er hat mir die Erlaubnis gegeben.*«

Die Frau erwiderte daraufhin ebenfalls lächelnd: »*Dein innerer Lehrer hat dich gut beraten, mir gefällt, was ich sehe.*« So saßen sie beide noch eine Weile im trauten Einvernehmen zusammen, er mit seiner aufragenden Lanze und sie mit diesem außergewöhnlichem Anblick vor Augen.

Als dann ein Mann in den Saunagarten kam, warf der Rauschgoldengel schnell ein Handtuch über sein noch immer erigiertes Geschlecht. Sie warteten dessen Entspannung ab und gingen nach dem Saunabesuch zusammen in ein Café.

Dort machte der Rauschgoldengel ihr den Vorschlag, sich weiterhin mit ihm zu treffen, allerdings nicht in der Sauna, sondern in einer intimeren Umgebung. Die Frau lehnte diesen Vorschlag lächelnd mit den Worten ab: »*Danke, du hast mir heute ein großartiges Geschenk gemacht, aber ich könnte vom Alter her deine Mutter sein, und mit einer Mutter hat man keinen Sex.*« Er nickte, den Sinn ihrer Aussage begreifend, und versuchte auch nicht, sie umzustimmen.

Die Frau bezahlte dann die Rechnung und sie um-
armten sich zum Abschied herzlich. Sie begegneten sich
nie wieder. Doch immer im Laufe ihres Lebens, wenn sie
an die Begegnung mit dem Rauschgoldengel und dessen
innerem Lehrer dachte, zauberte ihr diese Erinnerung
ein Lächeln ins Gesicht.

Wer hat Angst vorm schwarzen Mann

Als Kind drohte ihm die Mutter immer mit dem schwarzen Mann. Der schwarze Mann, der kommt und es mitnimmt, wenn es unartig wäre. Der schwarze Mann kam in seiner Phantasie gleich nach dem Teufel und die Gedanken an diese beiden machten ihm richtig Angst.

Als es noch recht klein war, spielte es oft auf der Straße mit den Nachbarskindern das Spiel vom schwarzen Mann: »*Wer hat Angst vorm schwarzen Mann? Ich nicht! Und wenn er aber kommt? Dann laufen wir davon!*« Eines der Kinder musste den schwarzen Mann spielen und ein anderes Kind einfangen. Dieses musste dann wiederum die Rolle des schwarzen Mannes übernehmen. Jede dieser Spielrunden lief immer mit großem, gespieltem Angstgeschrei ab.

Den ersten richtigen schwarzen Mann hatte die Frau als Sechsjährige gesehen. Die Amerikaner, »*Amis*«, wie sie genannt wurden, hatten sich in ihrem Dorf am großen Kirchplatz zu einem Manöver einquartiert. Die Erwachsenen sprachen abfällig von ihnen als »*Besatzer*«. Da ihnen aber noch die Schrecken des Krieges in den Knochen steckten, verhielten sie sich ihnen gegenüber entsprechend zurückhaltend. Die Kinder aber waren einfach nur neugierig. Sie waren aufgeregt, denn endlich war in ihrer Gemeinde etwas Außergewöhnliches los. Deshalb lungerten sie ständig bei den Lastwägen und den Panzern herum. Die GIs, wie sie auch noch genannt wurden, verhielten sich ihnen gegenüber durchwegs freundlich und nett.

Doch eines Tages dann geschah es. Um die Ecke eines Panzers kam ein großer Mann mit schwarzer Farbe im Gesicht auf die Kinder zu. Diese schrien entsetzt auf, denn sie dachten, jetzt ist es soweit, jetzt kommt der schwarze Mann und verschleppt sie. Doch dieser stand nur breitbeinig da, lachte mit seinen weißen Zähnen die Kinder an und holte Bonbons aus seiner Hosentasche. Nur zögerlich näherten sie sich ihm, nahmen sich eilig die Bonbons und rannten schnell davon. In sicherer Entfernung schauten sie zurück; sie hatten tatsächlich die Begegnung mit dem schwarzen Mann nicht nur überlebt, sondern sie waren auch noch beschenkt worden. Hatten die Erwachsenen sie belogen?

Die Frau war noch ein Mädchen gewesen, als es zu einer zweiten Begegnung mit einem schwarzen Mann kommen sollte. Es trat seine erste große Reise mit dem Zug an und war entsprechend aufgeregt. Man hatte ihm weit entfernt von zuhause einen Ferienjob als Putzhilfe in einem Ferienheim angeboten. Dort arbeitete seine große Schwester als Erzieherin.

Seine Mutter brachte es höchstpersönlich zum Zug, denn diese dachte an alle möglichen Gefahren. Immerhin war ihr Kind ja einen ganzen Tag in der großen weiten Welt alleine unterwegs und musste dazu noch ein paar Mal umsteigen. So suchte sie das Zugabteil aus, in dem ihre Tochter sitzen sollte, man wusste ja nie, welches

Gesindel sich in den Zügen herumtrieb. Sie entschied sich schließlich für ein Abteil, in dem eine alte Nonne saß. Ihrer Meinung nach war ihr Kind hier bestens aufgehoben. Mit vielen moralischen Vorschriften und Ermahnungen verließ die Mutter endlich den Zug.

Dies tat die Nonne ebenfalls an der nächsten Haltestation und ein schwarzer junger GI nahm ihren Platz ein. Das alte Kinderspiel kam dem Mädchen in den Sinn und es wusste gar nicht, wohin es seine Blicke wenden sollte. Es war sehr verunsichert und bekam vor Aufregung rote Flecken im Gesicht. Es fühlte sich dermaßen unwohl in seiner Haut, zumal der schwarze Mann es ständig angrinste. Als er es auch noch in einer Sprache, die es nicht verstand, ansprach, stand es auf und ging zur Toilette. Oh Gott, dachte es, wenn das die Mutter wüsste! Zurück im Abteil nahm es ein Buch zur Hand und lenkte sich so von seinem Gegenüber ab. Zum Glück kamen noch andere Fahrgäste ins Abteil. Als es dann umsteigen musste, fiel ihm ein Stein vom Herzen.

Später traf sie als Jugendliche immer wieder in verschiedenen Musikkneipen auf schwarze Männer. Diese waren als amerikanische Soldaten in der Kreisstadt stationiert. Auch bei Volksfesten standen sie, sich in den Hüften wiegend, meist am Autoscooter herum. So, wie sie sich bewegten, sah man ihnen an, dass sie die Musik leibhaftig im Blut hatten. Neben den hölzern wirkenden deutschen Burschen gaben die Schwarzen ein männliches, erotisches Bild ab, das die Phantasie aller Mädchen gewaltig anheizte. Diese beobachteten die Soldaten heimlich, einlassen wollten sie sich aber nicht mit ihnen.

Im Krankenhaus, in dem sie eine Ausbildung zur Pflegerin absolvierte, gab es eine Oberschülerin, die mit einem schwarzen Mann eine Beziehung angefangen hatte. Dieser Umstand wurde von ihren Mitschülerinnen heftig diskutiert. Sie bedrängten ihre Kollegin immer wieder, ihnen zu verraten, wie es mit einem Schwarzen in der Liebe so wäre. Sie fragten sie unter anderem, ob es denn stimmen würde, dass schwarze Männer einen ganz besonders großen Pimmel hätten. Die besagte Schülerin äußerte sich aber niemals zu diesen Fragen und behielt ihr Geheimnis für sich.

Als junge Frau hatte ihr Vater eines Tages mal aus heiterem Himmel zu ihr gesagt: »*Du kannst mir jeden Mann bringen, aber wenn du mit einem Schwarzen kommst, bleibt meine Tür für dich verschlossen!*«

Sie hatte sich daran gehalten. Aber der Vater war nun schon längst gestorben und sie war eine eigenständige Person geworden. Ihre Arbeit mit behinderten Kindern machte ihr große Freude. Nebenbei war sie an der Volkshochschule Dozentin für Bauchtanz. Im Herbst nun lud die VHS ihre Dozenten zum Start ins neue Semester zu einem Treffen ein. Sinn und Zweck sollte ein gegenseitiges Kennenlernen sein. Um sich spielerisch näherzukommen, sollte sich jeder Teilnehmer zu Beginn ein buntes Bändchen aus einem Karton nehmen. Später sollten sich dann die Menschen mit gleichfarbigen Bändern suchen, sich einander vorstellen und über ihren Kurs, welchen sie an der VHS anboten, austauschen. Die Frau hatte sich für ein rotes Band entschieden. Zuerst aber wurden die Anwesenden von der VHS-Leitung begrüßt,

Häppchen wurden herumgereicht und Smalltalk gemacht. Die Stimmung war etwas steif und jeder schaute schon mal heimlich nach, welches bunte Band der Nachbar gewählt hatte.

Da öffnete sich noch einmal die Tür und ER betrat den Raum. Alle Blicke richteten sich sofort auf ihn, die Gespräche verstummten. Ein großer schlanker Mann in stolzer Haltung kam herein – und er war schwarz! Sein Alter war schwer einzuschätzen. Die Frau war sofort von der Erscheinung des Mannes fasziniert. Mit Spannung wartete sie darauf, für welches bunte Band er sich entscheiden würde.

Er nahm die Farbe Rot! Darüber freute sie sich ungemein, denn so war es sicher, dass er in ihrer Vorstellungsgruppe gelandet war. Sie würde diesen interessanten Menschen bald näher kennenlernen und überlegte bereits, welchen Kurs er wohl anbieten würde. Sie tippte auf Sprachen.

Dann kam der Augenblick, wo alle Teilnehmer mit gleichfarbigen Bändchen zusammenkommen sollten. Die Frau stand eilig von ihrem Platz auf und strebte zielstrebig auf den schwarzen Mann zu. »Hallo«, sagte sie, »*Sie haben ja die gleiche Farbe wie ich, also sind wir in derselben Gruppe.*« Ob ihres forschen Auftretens wich dieser mit einem erstaunten Ausdruck im Gesicht erst mal ein paar Schritte vor ihr zurück, er wirkte fast erschrocken. Dann kam prompt seine Antwort: »*Ich halte dieses Spielchen für einen ganz großen Quatsch, wir sind hier doch nicht im Kindergarten.*« Die Vorfreude der Frau auf ein Kennenlernen dieses Mannes zerplatzte wie eine Seifenblase. Enttäuscht und gleichzeitig verärgert dachte sie: Dann eben nicht, und suchte die Menschen mit den anderen roten Bändern. Dem schwarzen Mann aber schenkte sie keine Beachtung mehr. Sie dachte bei sich: Wer nicht will, der hat schon. Basta!

So saß die Gruppe der roten Bändchen beisammen und einer nach dem anderen stellte sich vor. Neben der Frau war noch ein Platz frei. Da tauchte der schwarze Mann plötzlich an ihrer Seite auf und nahm diesen ein. Sie ließ sich ihre Überraschung nicht anmerken und behandelte ihn wie Luft. Dann kam die Reihe an sie, sich vorzustellen. Als sie von ihrem Bauchtanzkurs erzählte, dauerte es nicht lange und ihr Nachbar unterbrach sie unwillig. Wie könne sie, eine Deutsche, solch einen Kurs anbieten, da doch diese Art von Tanz gar nicht in ihrer Kultur begründet sei. Das Wesen dieses Tanzes müsse ein Kind schon im Mutterleib erfahren und mit der Muttermilch aufsaugen, sonst würde der Tanz nicht ins Blut übergehen.

Die Frau erklärte ihm und der Gruppe daraufhin ganz sachlich, dass der Bauchtanz ursprünglich in vielen Kulturen aus religiösen Gründen zur Verehrung der weiblichen Gottheiten getanzt wurde und später nur im Orient überlebt hatte. Dort würde er zwar noch getanzt, aber eher als Showtanz und weniger im ursprünglichen Sinne, nämlich, um weibliche Kraft und Stärke auszudrücken.

Der schwarze Mann brummelte etwas Unverständliches vor sich hin. Als er mit seiner Vorstellung an die Reihe kam, stellte sich heraus, dass er die lateinamerikanischen Tänze Samba, Bachata und Salsa an der VHS anbot. Die Frau dachte bei sich: Tanzen, na, das passt auch zu ihm. Plötzlich merkte sie, dass er unter dem Tisch sein Knie an ihres angelehnt hatte. Es irritierte sie und sie überlegte kurz, was zu tun sei. Dann entschied sie, ihr Knie an Ort und Stelle zu lassen. So saßen sie praktisch an ihren Knien verbunden nebeneinander und hörten dem Rest der Gruppe bei den Vorstellungen zu.

Auf einmal kroch ihr langsam aber stetig ein unglaublich angenehmer Duft in die Nase. Sie fragte sich, ob dieser wohl von ihrem Nachbarn ausging. Nun wurde sie doch langsam kribbelig und seine Anwesenheit, so dicht neben ihr, Knie an Knie, verunsicherte sie zunehmend. Ihr wurde heiß und sie fing an zu schwitzen. Als dann die Vorstellungsrunde zu Ende ging, verabschiedete sie sich schnell von der Gruppe. Der schwarze Mann schaute sie eindringlich an und fragte vor allen anderen: »*Warum gehst du schon?*« Da ihr nichts Besseres einfiel, erwiderte sie: »*Mein Mann wartet auf mich.*« Dies war eine Notlüge, denn sie und ihr Mann gingen schon längst getrennte Wege.

Im Nachhinein ging ihr die Begegnung mit diesem exotisch gut riechenden Wesen allerdings nicht mehr aus dem Kopf. Da er Schnupperkurse in seinem Fachbereich an der VHS anbot, überredete sie eine Freundin, mit ihr an solch einem Kurs teilzunehmen. Als sie sich dann zu Beginn bei dem schwarzen Mann anmeldete, zeigte dieser ihr die kalte Schulter und tat so, als ob er sie nicht erkennen würde. Sobald er aber etwas vorführen wollte, nahm er sie des Öfteren als Übungspartnerin. Ansonsten verhielt er sich ihr gegenüber sehr distanziert. Am Ende des Tages verabschiedete sie sich von ihm, fast ein bisschen enttäuscht, dass er kein weiteres Interesse an ihr gezeigt hatte.

Sie war allerdings kaum zu Hause angekommen, als das Telefon klingelte. ER war es! Ihre Telefonnummer hatte er aus dem Anmeldeformular der VHS herausgefunden. Er wollte sie zum Essen einladen. Sie sagte ihm sofort zu und so trafen sie sich noch am selben Abend. Sie hatte viel zu erzählen und er war ein guter Zuhörer. Am Ende des Abends wusste er sehr viel über sie, doch sie kaum etwas über ihn. Für ein weiteres Treffen lud er sie zu sich nach Hause ein.

Wer hat Angst vorm schwarzen Mann? Vor der erneuten Begegnung mit ihm kamen ihr kurz das Kinderspiel, die Drohung der Mutter und die harsche Aussage des Vaters in den Sinn. Doch jetzt bin ich erwachsen, dachte sie trotzig, und habe keine Angst mehr vor dem schwarzen Mann. Außerdem war sie neugierig, wie er sich wohl privat verhalten würde. So machte sie sich auf den Weg zu ihm.

Er öffnete ihr schweigend ohne große Begrüßung die Tür und zeigte ihr erst mal seine Wohnung, die Küche, das große Wohnzimmer und das Bad. Sein Schlafzimmer präsentierte er ihr nicht. So gingen sie zurück in die Küche.

Dort standen zwei riesige amerikanische Kühlschränke. Er erklärte ihr, dass er diese brauche, weil er sich alles, was seiner Ernährung diene, selbst zubereite, seien es Getränke oder Mahlzeiten. Er lebe äußerst gesund – »no Alkohol, no Nikotin!« Sie dachte anerkennend, dies erkläre wohl auch sein fantastisches Aussehen. Er hatte keine Falten im Gesicht und seine Haut, wie sie später feststellte, war wie Samt und Seide. Als sie ihn nach seinem Alter fragte, blaffte er sie an, das ginge sie nichts an. Sie wunderte sich über sein schroffes Verhalten. Doch als er ihr dann einen wunderbaren frischen Fruchtdrink mixte und sie hinüber ins Wohnzimmer bat, kam sie schnell auf andere Gedanken

Dort im Raum stand ganz zentral ein eigenartiger Tisch. Es war, als ob ein großer, knorriger Baumstumpf aus der Steppe Afrikas dorthin verpflanzt worden sei. Um den Tisch waren tiefe Sessel und ein Sofa gruppiert. Im ganzen Zimmer waren diverse Kunstobjekte verteilt. Während die Frau diese eingehend betrachtete, fragte er sie unvermittelt, ob sie etwas dagegen hätte, wenn er sich ausziehen würde. Er wäre es gewohnt, in seiner Wohnung nackt herumzulaufen. Sie schluckte erst mal und sagte dann: »*Du bist hier zuhause, mach, wie du möchtest.*«

Daraufhin zog er sich splitternackt aus und lief vor ihren Augen, so wie Gott ihn erschaffen hatte, geschäftig umher. Er holte Knabberzeug und Getränke herbei, doch sie hatte nur noch Augen für seinen wunderbaren Körper. Hochgewachsen, kein Gramm Fett am Bauch, sehnig, drahtig, mit unglaublich langen Beinen. Er bewegte sich geschmeidig wie eine Gazelle und endlich konnte sie auch für sich die Frage klären, ob schwarze Männer zwischen ihren Beinen besonders gut bestückt sind. Nanu, dachte sie überrascht, er hat ja einen ganz normal großen Penis.

Irgendwann ließ er sich dann an ihrer Seite auf dem Sofa nieder. Er fing behutsam an, ihre Hand und Arme zu streicheln. Sie schnupperte seinen unglaublich exotisch anmutenden Duft, irgendwie roch er auch nach Schokolade, und bot ihm ihren Mund zum Kuss. Er berührte ihre Lippen mit einer großen Sanftheit. Seine fühlten sich sehr weich und zart an. Ihre Phantasie fing an zu blühen und ihr Körper reagierte bereits auf seine Zärtlichkeiten. Doch dann schaute er ihr tief in die Augen und sagte bedeutungsvoll: »*Ich kann dich viel über deinen Körper und deine Sexualität lehren.*« Sie war erst verwundert ob dieser Worte, doch dann spürte sie zunehmend Ärger in sich aufsteigen.

Was dachte dieser Mann sich bloß? Dass sie ein kleines dummes Mädchen wäre, das nur darauf gewartet hat, dass der große schwarze »Zampano« kommt, um es in die Liebe einzuführen? Immerhin war sie eine gestandene Frau und hatte ihre Erfahrungen gemacht. So gab sie selbstbewusst zurück: »*Das glaube ich nicht, ich kenne meinen Körper und meine Sexualität sehr gut!*«

Diese Antwort gefiel ihm sichtlich nicht. Er rückte ein Stück von ihr ab und die erotische Stimmung, die zum Greifen nahe gewesen war, verschwand. Sie dachte, um das Vorspiel wieder aufzunehmen und in Stimmung zu kommen, wäre vielleicht ein bisschen Live-Musik gut. Er war schwarz und er konnte bestimmt gut trommeln. So fragte sie ihn, ob er wohl eine Trommel hätte und für sie spielen würde.

Da sprang der schwarze Mann wütend auf, lief aufgeregt im Zimmer hin und her und schimpfte: »*Glaubst du, dass wir Schwarzen noch immer hinter dem Busch sitzen und trommeln?*« Er käme aus Venezuela, wäre in den Nachkriegszeiten mit der amerikanischen Armee nach

Deutschland gekommen, um als Sozialarbeiter vor Ort Aufbauhilfe zu leisten. Er wäre mit einer deutschen Zahnärztin verheiratet gewesen und hätte zwei längst erwachsene Kinder.

Die Frau war von seinem heftigen Gefühlsausbruch ganz erschrocken. Sie merkte, dass sie ihn wohl an einer wunden Stelle getroffen hatte, doch sie war unfähig, auf seine heftige Emotion einzugehen. Sie hatte zwar nun etwas über seine persönliche Geschichte erfahren, aber die Stimmung war dahin und so stand sie auf, entschuldigte sich bei ihm und ging. Er hielt sie nicht zurück und sie dachte enttäuscht, das war's gewesen!

Doch nach Tagen kam ein Anruf von ihm. Er wolle sich mit ihr treffen und einen kleinen Ausflug mit ihr machen. Sie war einverstanden, denn er war nach wie vor ein interessanter Mann, der eine starke erotische Wirkung auf sie ausstrahlte. Er fuhr mit ihr in einen schönen Park, sie gingen spazieren und unterhielten sich über belanglose Dinge. Diese Art von Begegnungen wiederholten sie ein paarmal, sprachen aber niemals über den Vorfall bei ihm zu Hause.

Von ihrer Erscheinung her waren sie ein auffälliges Paar, er ein großer, ruhiger, schwarzer Mann, sie eine zierliche, lebhafte, kleine Frau mit rot gefärbten Haaren. Egal wo sie sich aufhielten, sie zogen immer alle Blicke auf sich.

Eines Abends lud er sie zum Essen ins Restaurant ein. Da sie auf das bestellte Menü warten mussten, fragte sie ihn nach seiner Familie in Venezuela. Er wirkte verschlossen und gab ihr nur widerwillig zur Auskunft, dass er viele Verwandte hätte, u. a. einen Bruder. Als sie sich nach diesem erkundigte, schlug er unwirsch mit der Hand auf den Tisch und zischte: »*Du bist immer so neugierig, meine Familie geht dich nichts an.*«

Zuerst war die Frau wieder sehr erschrocken über seine heftige Reaktion. Dann aber dachte sie traurig: Was will er eigentlich von mir? Wieso trifft er sich mit mir? Er weiß so viel über mich, ich weiß fast nichts über ihn. Sobald ich etwas über ihn wissen will, rastet er aus. Ich begreife sein Verhalten nicht. Das sagte sie ihm nun auch ins Gesicht, dann erhob sie sich von ihrem Platz und ließ ihn sitzen. Das war das Ende ihrer Beziehung.

Jahre später sah sie ihn von weitem in der Stadt. Er sah unverändert gut aus, obwohl sie inzwischen wusste, dass er über achtzig Jahre alt sein musste. Nein, sie hatte keine Angst mehr vor dem schwarzen Mann, aber verstanden hatte sie sein Wesen und seine Art nicht.

1000-fach

Sie hatte ihre Mutter auf dem letzten Lebensweg begleitet. Ein paar Tage vor deren Tod sagte diese zu ihr: »Mein Kind, alles, was du mir Gutes getan hast, bekommst du 1000-fach zurück.« Nun war ihre Mutter schon ein paar Jahre verstorben und sie fragte sich des Öfteren, wann denn nun die Zeit käme, in der sich die Prophezeiung ihrer Mutter endlich erfüllen würde.

Es ging ihr alles andere als gut. Ihre Beziehung war nach jahrelangem Bemühen endgültig zerbrochen, sie hatte deswegen ihr Zuhause verloren und fühlte sich sehr alleingelassen. Eines Tages wurde sie von Freunden auf ein Konzert aufmerksam gemacht. Der Sänger würde in seiner ureigenen Sprache singen und vier Oktaven beherrschen. Das Ganze fände in einer Kirche statt. Ihr Interesse war geweckt und ihre Erwartungen an ein besonderes Erlebnis wurden sogar noch übertroffen. In der Pause gab es außer CDs und Hinweise auf weitere Konzertveranstaltungen auch einen Flyer, der zur einer zehntägigen Seelenreise nach Bali einlud.

Sie hatte in ihrem Leben noch verschiedene Träume, unter anderem wollte sie mal eine Flugreise ganz alleine antreten. Asien war nie in ihrem Fokus gewesen, aber eine Freundin hatte ihr oft Bali ans Herz gelegt. Nun bot sich durch das ausgeschriebene Seminar die Gelegenheit, sich diesen Traum zu erfüllen. Sie meldete sich also zu einem Kurs an, der versprach, durch Tanz, Gesang und Meditation die Seele zu kräftigen und zu stärken. Genau das, was sie gerade in ihrer Lebenslage brauchte. So meldete sie sich zu diesem Seminar an und nahm Kontakt zu dem im Flyer angegebenen Resort auf. Dieses lag in einer Parkanlage mit Unterkünften über das Areal verteilt. Sie wünschte sich eine Unterkunft direkt am Meer gelegen.

Der zwölfstündige Flug nach Singapur erschien ihr zwar endlos, gestaltete sich aber ohne Probleme. Natürlich war sie entsprechend aufgeregt, zumal sie, um nach Bali weiterfliegen zu können, in ein anderes Flugzeug umsteigen musste. Bei diesem vierstündigen Flug hatte sie allerdings einen jungen Mann neben sich, der eigentlich ganz nett war, sich aber beständig am ganzen Körper kratzte. So war sie froh, als sie endlich auf Bali nahe der Hauptstadt Denpasar landeten. Sie trat hinaus in eine schwülwarme, feuchte Luft, sodass ihr sofort die Kleider am Leib klebten. Dann sah sie unglaublich viele Menschen, die am Ausgang auf die Ankommenden warteten. Oh mein Gott, dachte sie beim Auschecken, wie soll ich jetzt nur den Fahrer finden, den mir die Ressortleitung versprochen hat? Doch unter den Ersten, die an der Absperrung warteten, entdeckte sie einen Mann, der ein Schild mit ihrem Namen hochhielt. Da fiel ihr ein Stein vom Herzen. Der Einheimische stellte sich sogleich als ihr Chauffeur vor und brachte sie zu einem kleinen Bus. Dort bot er ihr eine Flasche Wasser an und die Gelegenheit, ihre verschwitzte Kleidung diskret zu wechseln.

Dann startete er in den Verkehr. Sie schrie die erste halbe Stunde der Fahrt immer wieder entsetzt auf, denn der Betrieb auf der Straße war schwindelerregend. Zum einen der ungewohnte Linksverkehr, zum anderen schien es keine Verkehrsregeln zu geben. Jeder Mensch fuhr, wie er wollte, kreuz und quer, überholte rechts und links. Dazu kamen die vielen Zweiräder, Roller und Motorradfahrer, die die Wege der Fußgänger benutzten. Mütter, die ihre Kinder vorne und hinten auf schrottreifen Gefährten ohne Helm transportierten, Männer mit hoch aufgepackten Warenkörben, Halbwüchsige, die sich im Affentempo zwischen den Autos durchschlängelten, Hunde, die über die Straße rannten, unglaublicher Lärm durch Hupen und frisierte Motoren. Ihr Fahrer lachte nur immer über ihre Panik und sagte: »*Don't worry.*« Seine englische Aussprache war gewöhnungsbedürftig.

Er machte aus dem Weg in den Norden gleich eine kleine Besichtigungstour zum heiligen Vulkan Agung, der die höchste Erhebung auf Bali darstellt. Ein paar kleinere Tempel lagen ebenfalls auf ihrer Route. Gegen Abend verkündete der Fahrer, dass sie nun bald am Ziel seien. Sie sah aber nur eine holprige Straße, die von einfachen Wellblechhütten gesäumt war. Der Kleinbus bog dann in einen Weg ein, der von Büschen fast zugewachsen schien. Sie kamen an einen Platz, an dem verschiedene junge Rollerfahrer warteten. Was wollen wir hier, fragte sie sich erstaunt, weit und breit kein Hotel Resort, nur Dschungel. Da erklärte ihr der Fahrer, dass sie nun auf einen Roller umsteigen müsse. Einer der Jungs würde sie hinten auf den Sozius nehmen und ein anderer würde ihr

Gepäck befördern. Sie starrte ihn ungläubig an und fragte: »*Please, where is the resort?*« Er lachte wieder und sagte: »*Don't worry, the boys are okay!*« So blieb ihr nichts anderes übrig, als ihm zu vertrauen, dass alles seine Richtigkeit hatte. Einer der jungen Männer deutete ihr an, sie möge sich hinter ihn auf den Roller setzen. Dann ging die Fahrt einen schmalen Pfad entlang. Nach ca. fünf Minuten stoppte der Junge und zeigte auf ein kleines Tor. Sie stieg ab, vergaß in ihrer Aufregung zu danken und betrat den Garten Eden.

Ein wunderbar gepflegtes Gelände tat sich vor ihr auf. Individuelle kleine Wohneinheiten waren über die Fläche verteilt, das Seminarhaus stand, rund wie ein großes Tipi, kraftvoll neben dem Eingang. Da wurde sie auch schon von einer freundlichen Frau begrüßt. Diese bot ihr für das Gesicht ein feuchtwarmes Tuch an und hinterher eine Tasse Tee. Sie trug wunderschöne farbige Gewänder, hatte goldene Armreifen angelegt und wirkte sehr exotisch. Pechschwarzes, zu einem Knoten gebundenes Haar, dunkle Augen, ein gleichmäßig geformtes Gesicht, überaus hübsch anzuschauen. Die Frau winkte einem Angestellten, der ihr ihre Unterkunft zeigen sollte.

Diese lag tatsächlich wunschgemäß direkt am Meer hinter einer hüfthohen Mauer. Zwei kleine Statuen bewachten den Eingang. Ihr Zimmer war ein achteckiger Raum, der einen wundervollen Duft verströmte. Ein großes Gebinde mit exotischen Blumen stand vor einer Skulptur, die eine Göttin darstellte. Das Bett war riesengroß und hatte einen Baldachin, alles in weiß gehalten. Das Bad war so angelegt, dass die Hälfte davon sich hinter einer Steinwand unter freiem Himmel befand. Ganz zauberhaft war auch ihre Terrasse. Dort gab es ebenfalls eine große Liegestatt mit Blick aufs Meer. Sie fühlte sich wie im Märchen. Ihr Traum war wahr geworden. Sie hatte es geschafft, war ganz alleine in ein fernes Land gereist und war im Paradies gelandet. Sie konnte ihr Glück kaum fassen.

Da sie drei Tage vor Beginn des Seminares angereist war, hatte sie Zeit, um mit dem Fahrer, der sie vom Flugplatz abgeholt hatte, Ausflüge zu machen. Er begrüßte sie am ersten Tag mit dem Satz: »*How do your slip?*« Sie war vollkommen perplex, er fragte sie tatsächlich nach ihrem Slip, was sollte das denn? So sagte sie: »*I don't know what you mean.*« Da machte er mit den Händen die Geste des Schlafens und sie erkannte erleichtert, dass er sie gefragt hatte, wie sie geschlafen hätte. Slip statt sleep. So hatten sie noch ein paar Mal einige sprachliche Missverständnisse, worüber sie immer herzlich lachten. Bei ihren Ausflügen zeigte er ihr heilige Kultstätten und viele der zahlreichen Tempel.

Einmal kam der Verkehr zum Erliegen, weil unzählige Rollerfahrer vor ihnen die Straße blockierten. In der Ferne sah man Menschen, die einen schön geschmückten Sarg auf ihren Schultern trugen. Sie gingen mit diesem ein paarmal im Kreis umher. Auf ihre Frage nach diesem seltsamen Treiben erklärte ihr der Fahrer, dass die bösen Geister dadurch verwirrt werden, da diese nur geradeaus blicken könnten. So würde der Verstorbene ihrer Macht entzogen und dieser könne in Frieden ruhen.

Ihre Zeit im Hotel Resort verbrachte sie mit Lesen auf ihrer schönen Terrasse, mit Schwimmen im Meer. Vor allem aber bestaunte sie die exotische Natur. Inzwischen wusste sie, dass eine Gruppe von Gleichgesinnten diese Anlage im Norden von Bali, weitab der Touristenströme, absichtlich so gebaut hatte, dass man es mit dem Auto nicht direkt erreichen konnte. Es sollte nur für die Menschen sein, die Ruhe und Erholung suchten. Übers Gelände verteilt gab es einige Haustempelchen, die morgens und abends mit Lebensmitteln oder Leckereien bestückt wurden; im oberen Teil der Stelen Gaben für die guten Gottheiten, im unteren Teil für die Dämonen. Im Hindu Dharma Glauben der balinesischen Bevölkerung, einer Mischung aus traditioneller und hinduistischer Religion, gab es Gut und Böse, beides hatte seine Berechtigung und beiden wurde gehuldigt. In diesem Glauben standen die Berge als Symbol für die Welt der Götter, das Meer für die Welt der Dämonen.

Langsam trafen auch die anderen Teilnehmer des Seminars ein. Am vierten Tag ihres Aufenthaltes begann dann das Seminar. Dieses war ganz nach ihrem Geschmack. Der Kursleiter war eine beeindruckende Persönlichkeit mit einem unglaublichen Stimmumfang. So sangen, tanzten und meditierten sie und all dies waren unglaublich schöne Erfahrungen für sie.

Am Morgen stand sie meist früh auf, um der aufgehenden Sonne zu huldigen. Draußen auf dem Meer zogen Fischerboote dahin und die Vögel fingen an zu singen. Manchmal meinte sie zu träumen.

Dann kam der siebte Tag des Seminares. Der Leiter

gab bekannt, dass er nun Familienaufstellungen geplant habe. Sie war überrascht, da diese nicht im Seminarprogramm aufgeführt worden waren. Na, mal schauen, dachte sie, wie er dieses Vorhaben gestalten würde. Es stellte sich heraus, dass er gar nichts gestaltete, sondern allem, was geschah, seinen Lauf ließ. Daraufhin brach das Chaos aus. Eine Teilnehmerin verkündete lautstark, dass sie ein Medium wäre und mit den Toten kommunizieren könne, sie wäre bereit, diese Fähigkeit an Ort und Stelle einzubringen. Darauf waren die ersten erschrockenen Gesichter unter den Teilnehmern zu sehen. Andere Teilnehmer behaupteten, sie hätten Erfahrungen mit Familienaufstellungen und wollten sich mit ihrem Wissen einbringen. Es ging einfach nur drunter und drüber.

Der Seminarleiter pickte sich dann einen jungen Mann heraus, den er in den Mittelpunkt des Geschehens stellte. Dieser hatte überhaupt keine Ahnung, was mit ihm geschah. Das sogenannte Medium erklärte ihm lautstark, es hätte Verbindung zu seiner verstorbenen Großmutter aufgenommen und diese lasse ihm ausrichten, er solle sein Leben endlich in die Hand nehmen und nicht immer als Versager dastehen. Der junge Mann erbleichte. Dann erklärte eine weitere Teilnehmerin, sie verspüre eine negative Energie im Raum, die dem ganzen Geschehen hinderlich wäre. Eindeutig wurde ihr dann mit Blicken von dieser Person klargemacht, dass sie diejenige sei.

Der Vormittag ging in diesem Durcheinander vorbei. In der Mittagspause fasste sie den Entschluss, aus dem Seminar auszusteigen. Sie suchte den Leiter auf, um ihm ihre Entscheidung mitzuteilen. Er fragte sie, ob sie darüber sprechen möchte, worauf sie nur den Kopf schüttelte und sagte, dies wäre zu komplex. Sie einigten sich darauf, dass sie der Seminargruppe ihren Entschluss selbst mitteilen würde. Diese nahm ihre Entscheidung mit gemischten Gefühlen auf, manche der Teilnehmer bewunderten ihre eindeutige, klare Haltung, manche fanden sie einfach nur arrogant und eingebildet.

Durch ihre Entscheidung, das Seminar frühzeitig zu beenden, hatte sie nun den Nachmittag und zwei zusätzliche Tage zur freien Verfügung. Erstmal ging sie im Meer schwimmen, um sich mental von dem Chaos des Vormittags zu reinigen. Wie immer wunderte sie sich, dass außer ihr keiner im Wasser war, das Resort beherbergte ja auch noch andere Gäste. Sie hatte sich mit einer jungen Frau an der Rezeption angefreundet, und so fragte sie diese nach dem Grund. So erfuhr sie, dass die Einheimischen Angst vor den Dämonen im Wasser hätten. Dann fragte die junge Frau, ob ihr noch nicht die geflochtenen Bambuskörbchen aufgefallen wären, die an der Grenze zum Hotel immer wieder an den Strand angespült würden. Doch, ja, sie hatte schon öfter an diesem Ort Einheimische gesehen, die sich in Familienverbänden dort aufhielten. Das komme daher, erklärte ihr die junge Frau, dass an dieser Stelle die Asche mancher Verstorbenen dem Meer übergeben würde. Nun wusste sie Bescheid. Sie ging trotzdem weiterhin schwimmen.

Am nächsten Tag wollte sie einen Ausflug zu einem Wasserfall machen. Die schöne exotische Frau an der Rezeption hatte ihr davon erzählt und hatte ihr einen jungen Mann als Führer ausgewählt. Zur vereinbarten Zeit wartete sie am Tor auf diesen. Er kam auf seinem Roller angefahren und deutete ihr an, sich hinter ihn zu setzen. Sie solle ruhig ihre Arme fest um ihn schlingen, damit sie nicht herunterfalle. Dies vermittelte er ihr in dieser besonderen balinesischen Spielart der englischen Sprache.

Dann ging die Fahrt los. Der Fahrer hatte sie zu Recht darauf hingewiesen, sich gut an ihm festzuhalten, denn kaum waren sie aus dem Dschungel draußen auf der holprigen Straße, ging der Terror mit dem Verkehr wieder los. Sie überlebte nur, indem sie die Augen schloss und sich krampfhaft an ihren Vordermann klammerte. Dieser tätschelte ab und zu beruhigend ihre Hand und lachte wegen ihrer Angst manchmal amüsiert auf. Irgendwann bogen sie dann von der Straße ab und fuhren einen schmalen Weg entlang. Plötzlich hörte dieser auf und sie standen vor ein paar Bretterbuden. Von dort aus führte ein Pfad in die Berge. Dies schien der Einstieg zum Wasserfall zu sein. Der junge Mann sagte ihr, sie solle sich mit ihrer Wanderung Zeit lassen, er würde hier am Einstieg auf sie warten, bis sie wiederkäme. Sie war überrascht, dass er sie nicht begleiten wolle, aber er sagte nur mit gleichgültiger Miene: »I have seen it all.«

So machte sie sich auf den Weg. Sie merkte sehr schnell, dass sie nicht alleine war, im Gegenteil, es waren sehr viele Menschen unterwegs. Diese liefen entweder in ihre Richtung oder kamen ihr entgegen. Es fiel ihr auf, dass nur Einheimische den Pfad bevölkerten. Dieser war so eng, dass man manchmal ausweichen musste, um aneinander vorbei zu kommen. Sie merkte bald, dass sie sehr wohl auffiel. Wahrscheinlich durch ihre äußere Erscheinung. Zum einen war sie eine hellhäutige Europäerin, zum anderen hatte sie silberweiße Haare, die ihr lockig um den Kopf standen. Die einheimischen Frauen trugen ihre Haare in einem strengen Knoten gebunden und selbst im hohen Alter war dieses noch schwarz. Die Kinder schauten sie an, als ob sie ein Gespenst wäre. Die ganz Kleinen fingen sogar bei ihrem Anblick an zu weinen und versteckten sich hinter den langen Röcken ihrer Mütter. Die Erwachsenen aber grüßten sie überaus freundlich und schenkten ihr ein herzliches Lächeln.

Nach ca. eineinhalb Stunden erreichte sie den Wasserfall. Er war nicht so groß, wie sie gedacht hatte, aber zu seinen Füßen waren große und kleine Wasserbecken, in denen sich Hunderte von Menschen tummelten. Diese waren voll bekleidet, bespritzten sich mit Wasser und badeten ihre Kinder mit großem Tamtam.

Sie hatte sich einen Platz etwas abseits vom Trubel gesucht, lehnte an einem großen Stein, beobachtete das Geschehen vor ihren Augen mit großer Freude. Im Stillen hoffte sie, unsichtbar zu sein. Doch immer wieder kamen Menschen auf sie zu und wollten mit ihr zusammen fotografiert werden. Selbst schreiende Kinder wurden von ihren Eltern vor die Kamera gezerrt.

Da tauchte ein Mann mit zwei Kindern auf. Er sah anders aus als die anwesenden Männer. Er war groß, hatte hellere Haut, die schulterlangen Haare waren zu Zöpfen geflochten, er hatte eine äußerst attraktive Ausstrahlung.

Die Erscheinung dieses Mannes faszinierte sie. Zuerst tat dieser so, als ob er sie nicht bemerken würde. Dann, als die beiden Kinder sich im Wasser vergnügten, kam er auf sie zu und fragte sie in perfektem Englisch, ob er sich neben sie setzen dürfe. Sie freute sich über seine Nähe und so kamen sie rasch ins Gespräch. Er erzählte ihr unter anderem, dass er aus Java käme und der Onkel der beiden Kinder sei. Sie unterhielten sich über Gott und die Welt und hatten bald das Gefühl, einen Seelenverwandten im Anderen gefunden zu haben. Auffallend war, dass ab dem Zeitpunkt, als er neben ihr Platz genommen hatte, keine Einheimischen mehr auf sie zukamen.

Die Zeit verging und irgendwann sagte sie, dass sie nun bald gehen müsse. Der Mann beschloss, den Rückweg mit ihr zusammen anzutreten. So machten sie sich auf den Weg, die beiden Kinder sprangen voraus und sie beide waren weiterhin auf einer spirituellen Wellenlänge miteinander verbunden. Am Ende des Pfades verabschiedeten sie sich mit einer festen Umarmung und wünschten sich alles Gute für den weiteren Lebensweg.

Ihr Fahrer empfing sie mit einem breiten Grinsen und fragte: »*You are happy now?*« Sie wusste nicht, ob er diese Frage auf das Erlebnis mit dem Wasserfall oder die Begegnung mit dem attraktiven Mann bezog. Aber dies war ihr egal, denn sie war so was von happy über die Abenteuer, die ihr an diesem Tag geschenkt worden waren. Sie fragte den Fahrer noch, weshalb so viele Menschen an diesem Ort unterwegs seien. Er erklärte ihr, dass im Land ein hoher Feiertag wäre und die Leute deswegen heilige Stätten aufsuchen würden. Der Wasserfall wäre ein gesegneter Ort, an dem man sich durch die Reinheit des Wassers von Krankheiten, Kummer und Sorgen befreien könne.

Als sie am Abend in ihrem wundervollen riesengroßen Bett lag, dachte sie an die Erlebnisse des Tages zurück. Und da fiel es ihr wie Schuppen von den Augen, das war der Tag gewesen, an dem sich das Versprechen ihrer Mutter erfüllt hatte. Sie hatte etwas 1000-fach zurückbekommen, ein 1000-faches Lächeln von wildfremden Menschen, die ihr freundlich und herzlich begegnet waren. Und der Mann aus Java war das Sahnehäubchen obenauf gewesen. Sie hielt in Gedanken Zwiesprache mit ihrer Mutter, bedankte sich bei dieser, dass sie diesen Tag voller Wunder erleben durfte. Sie fühlte sich innerlich reich beschenkt und fiel mit einem Lächeln auf den Lippen in einen traumlosen, tiefen Schlaf.

Tierische Erfahrungen

Ratten

Die Frau hielt es mit der indianischen Weltanschauung – alles ist miteinander verbunden, alles ist beseelt. Tiere und Pflanzen können Lehrmeister für den Menschen sein. Ihre ganz speziellen Verhaltensweisen können diesem Lektionen über das Leben erteilen. Man kann ihre individuellen Eigenschaften als Quelle der Kraft nutzen. Aber, so stellte sie sich die Frage, wo bitte befindet sich die Seele einer Ratte, was kann man von einer Ratte lernen?

Im Alter von fünf Jahren hatte sie ihre erste Begegnung mit Ratten. Als Kind lebte sie auf einen Bauernhof, mit Vater, Mutter und vier Geschwistern. Die Tierwelt bestand aus Kühen, Schweinen, Hühnern und Gänsen. Im Frühjahr kamen noch die Schwalben hinzu, die im Stall ihren Nachwuchs aufzogen. Ja, und dann gab es auch eine Katze, denn im Heuschober waren genügend Mäuse zum Jagen. All diese Tiere waren dem Kind vertraut und es liebte diese auf seine ureigene Weise. In seiner kindlichen Phantasie sprach es oft mit ihnen, gab ihnen Rang und Namen und ernannte sie zu seinem Hofstaat.

Neben den Ställen, der Scheune und dem Schuppen gab es noch eine sogenannte Futterküche. Es war ein kleiner, fensterloser, dunkler Raum im Hof. Dort stand ein Kessel, um Kartoffeln für die Schweine zu dämpfen. Außerdem gab es noch einen tiefen Trog, in dem die weichgekochten Kartoffeln dann mit dem übrigen Futter vermischt wurden. Auch alle Essensreste, die in der Küche des Haushaltes anfielen, wurden diesem Brei untergemischt. Um die Abfälle für diesen Zweck zu sammeln, stand neben der Spüle ein Eimerchen. Aßen die Kinder bei den Mahlzeiten nicht alles auf, sagte die Mutter immer nur: »*Na, macht nix, das kommt ins Eimerchen, die Schweine freuen sich!*«

Eine Aufgabe des Kindes bestand darin, das »*Saueimerchen*«, wie es genannt wurde, regelmäßig zu leeren. So ging es einmal damit zur Futterküche, schob den schweren Riegel an der Tür zurück und betrat den dunklen Raum, um die Küchenabfälle in den Trog zu schütten. Dieser reichte ihm bis zum Hals, so dass es kaum hineinschauen konnte. Als es dann das Eimerchen über den Rand kippen wollte, sprangen plötzlich drei junge Ratten vom Boden des Troges hoch, bis in seine Augenhöhe. Dabei machten sie ein grässliches Geschrei, was sich ganz schrecklich anhörte.

Das Kind erschrak so heftig, dass ihm das Eimerchen aus der Hand fiel und die Abfälle sich über seine Beine ergossen. Laut schreiend lief es aus der Futterküche, verriegelte die Tür hinter sich, aus Angst, die Ratten könnten hinter ihm her sein, und rannte zu seiner Mutter in die Küche. Diese schalt es erst mal, warum es so verschmutzt sei. Aufgeregt und unter Tränen erzählte es ihr von den Ratten in der Futterküche. Die Mutter sagte nur: »*Diese Mistviecher!*« Dann nahm sie das kochend-heiße Wasser, das auf dem Herd stand, kippte es in einen Eimer und marschierte damit in den Hof hinaus. Sich immer noch grausend ging das Kind hinter der Mutter her. Diese öffnete die Tür zur Futterküche und schüttete resolut das heiße Wasser in den Trog. Das Gekreische der darin verbrühten Ratten war so furchterregend, dass das Kind sich entsetzt die Ohren zuhielt. Die Mutter aber nickte nach ihrem Tun befriedigt und sagte zu ihm: »*Stell dich nicht so an, das sind doch nur Ratten!*«

Die zweite Begegnung mit dieser Tierart erlebte das Kind im Alter von sieben Jahren. Es war gerade in die Schule gekommen und kam sich sehr schlau vor. Seine Geschwister waren im Dorf unterwegs, die Mutter war in den Garten gegangen, einzig sein Vater war vor Ort und arbeitete im Stall. Das Kind saß also alleine auf der Treppe vor der Haustüre und träumte still vor sich hin. Als es dabei seinen Blick über den Hof schweifen ließ, blieb dieser an einem dunklen Fleck am Fuße der Hofmauer hängen. Was konnte das nur sein?

Neugierig stand es auf, um nachzuschauen. Als es näher kam, entdeckte es, dass der dunkle Fleck ein Tier war. Beim genaueren Hinschauen erkannte es eine riesige, fette Ratte. Anders als bei dem Erlebnis in der Futterküche hatte es diesmal keine Angst, denn das Tier saß ganz still und stierte es nur aus seinen kleinen Äuglein an. »*Hey du*«, sagte das Kind zu ihm. »*Was machst du da? Wo kommst du denn her?*« Die Ratte reagierte nicht, hockte nur stumm da und glotzte es an.

Da lief das Kind ins Haus und füllte in der Küche eine Flasche mit kaltem Wasser ab. Dann ging es zurück zu dem Tier und goss ihm das Wasser ganz ruhig über den Kopf. Die Ratte aber blieb sitzen und bewegte sich immer noch nicht. Dieses Verhalten wurde dem Kind zunehmend unheimlich. Deswegen ging es in den Stall zu seinem Vater und erzählte ihm, dass im Hof eine große fette Ratte säße.

Der Vater meinte nur: »*Na, das haben wir gleich*«, und schnappte sich eine Mistgabel. Mit dem Kind an seiner Seite ließ er sich die Stelle zeigen, wo das Tier saß. Kurzerhand nahm er die Mistgabel und stach sie dem Tier tief in den Leib. Die Ratte tat keinen Mucks. So aufgespießt marschierte der Vater mit dem Tier zum Misthaufen und schleuderte es von der Gabel. Dann begrub er es unter dem Mist. Dem Kind erklärte er, dass das Tier bestimmt vergiftet gewesen sei, da es sich nicht von der Stelle gerührt hatte. Er fragte es allerdings, warum es die Ratte mit Wasser übergossen hätte. Darauf hatte das Kind aber keine Antwort.

Als junge Frau hatte sie ihr drittes Ratten-Erlebnis. Sie wohnte mit ihrem Ehemann in einer schönen kleinen Altstadt. Die Gasse vor ihrem Haus bot sich gerade dazu an, ab und an ein kleines Schwätzchen mit den Nachbarn zu halten. So standen sie eines Abends alle vor ihren Haustüren und trafen sich dann in der Mitte vor dem Haus der jungen Frau. Es war eine bunt gemischte Gruppe, eine junge Familie, das Weinbauern-Ehepaar mit dessen alter Mutter und sie mit ihrem Mann. Die Stimmung stieg zunehmend, da der Wein, den der Nachbar großzügig spendierte, die Runde machte. Unter Gelächter wurden Witze ausgetauscht und da man sich so weinselig verbunden fühlte, dauerte es nicht lange und Stühle wurden herbeigeholt.

So saß man in gemütlicher Atmosphäre beieinander, bis ein schriller Schrei die einbrechende Nacht durchdrang: »*Iiiiii, eine Ratte!*« Mehr brachte die junge Nachbarin nicht über die Lippen. Alle sprangen von ihren Stühlen hoch in der Angst, das Tier säße genau unter ihnen. Doch nein, die Ratte hockte ganz friedlich auf der oberen Eingangsstufe des Hauses der jungen Frau. Die Männer beratschlagten sofort sachlich, wie sie strategisch vorgehen sollten, was mit der Ratte zu geschehen habe. Die Frauen aber waren sehr aufgeregt, bis auf die alte Nachbarin, die Mutter des Weinbauern. Sie ging stillschweigend in ihren Hof nebenan und kam mit einem dicken Knüppel zurück.

Ohne ein Wort zu verlieren, die Männer diskutierten noch eifrig über das weitere Vorgehen, ging sie zu der Ratte und schlug ihr den Schädel ein. Dann packte sie diese am Schwanz und warf sie in die Mülltonne, die bereits zum Entleeren am nächsten Tag auf der Straße stand. Zufrieden mit ihrer Tat schaute sie Beifall heischend in die Runde und sagte: »*So, das wäre erledigt, jetzt können wir weiterfeiern!*«, nahm ihr Weinglas in die Hand und trank einen großen Schluck. Alle waren sprachlos. Die junge Frau aber überlegte bereits, wie sie das Blut der Ratte wohl am besten von ihrer Treppe wegbekäme. Dann stellte sie sich wieder mal die Frage, was man wohl von einer Ratte lernen könne.

Der Hund

Anders verhielt es sich beim Hund. Im indianischen Sinne ist er das Symbol für Freundschaft und Loyalität. Der Hund als Kamerad. So bezeichnet der Mensch seine Beziehung zu diesem Tier. In ihrer Kindheit hatten alle Bauernhöfe einen Hund. Diese vegetierten in einer Hütte auf dem Hof und waren an einer Kette angebunden. Sie hatten einen Auslauf von ca. 3–5 Metern, je nach Größe des Hofes. Ihre Fäkalien lagen oft um ihre Hütten verstreut und stanken in der Sonne vor sich hin.

Sie war ungefähr 15 Jahre alt, als ihr älterer Bruder eines Tages mit einem Collie-Welpen im Haus erschien. Die Mutter fing sofort zu zetern an, sie würde keinen Hund im Haus und am Hof dulden. Der Vater äußerte sich mit keinem Wort dazu, die jüngere Schwester allerdings brach in Entzückungsschreie aus ob des süßen Hundebabys. Der Bruder setzte den Welpen auf den Boden, worauf dieser sich sogleich ängstlich in einer Küchenecke verkroch und ein Bächlein unter sich ließ. Die Mutter erboste dies noch mehr und sie erteilte dem Hündchen sofort Hausverbot. So bekam es einen Platz im Schuppen zugewiesen. Doch nachts, wenn es vor Einsamkeit jaulte, holte es der Bruder heimlich zu sich ins Schlafzimmer.

Ungefähr zwei Wochen, nachdem der Hund in die Familie gekommen war, musste der Bruder zu einer Fortbildung in eine ferne Stadt. Er übergab die Sorge für das Tier während seiner Abwesenheit seiner jüngeren Schwester. Diese nahm ihre Aufgabe sehr ernst und ging gleich am nächsten Tage nach der Schule mit dem Hündchen, das inzwischen den Namen Sandra bekommen hatte, spazieren.

Auf der Dorfstraße wurden zu dieser Zeit neue Kanalrohre verlegt. Für diese Straßenarbeiten hatte man italienische Gastarbeiter ins Land geholt. Diese pfiffen dem jungen Mädchen, das am helllichten Tage mit einem kleinen Hund an der Leine an ihnen vorbeimarschierte, hinterher. Dieses aber zeigte ihnen die kalte Schulter und schaute nur nach dem Hündchen.

Nachdem es das Dorf verlassen hatte, nahm es die Hundeleine ab und ließ den Welpen frei laufen. Dieser freute sich über seine Freiheit und sprang übermütig einen Hang hinauf und hinab. Das Mädchen ergötzte sich an dem Glück des kleinen Hundes und lachte fröhlich über dessen ausgelassenes Treiben.

Da plötzlich jaulte dieser ganz schrecklich auf, er war über einen Stein gesprungen und blieb wimmernd sitzen. Das Mädchen wusste sofort, dass etwas Schreckliches passiert sein musste. Trotzdem brüllte es das Hündchen an, es solle augenblicklich aufstehen. Doch dieses saß zitternd vor ihm und schaute schuldbewusst von unten zu ihm auf. Als es nach wiederholtem Anschreien immer wieder versuchte, sich aufzurappeln, stand es schließlich wackelig auf drei Beinen vor ihm. Das vierte, eines der Hinterbeine, hing ihm oben quer über dem Rücken.

Dem Mädchen entfuhr ein Schrei des Entsetzens, oh Gott, wie konnte das passieren? Was sollte es jetzt nur tun? Es war ihm klar, dass das Hündchen so nicht laufen konnte. Deshalb versuchte es, dieses vorsichtig auf die Arme zu nehmen, behutsam, um das verletzte Beinchen nicht zu berühren. Das Tier war inzwischen ganz ruhig geworden, es schien vollstes Vertrauen in das Tun des Mädchens zu haben.

Diesem wurde schnell klar, dass es auf diese Weise nicht bis nach Hause kommen würde, denn der Welpe in seinen Armen wurde immer schwerer. So kam es zum ersten Haus des Dorfes, klingelte an der Tür und bat dort um eine Schubkarre. Die Frau, die geöffnet hatte, gab ihm diese zwar, schüttelte aber den Kopf dabei und sagte: *»Das kommt davon, wenn man statt zu arbeiten mit einem Hundsköter spazieren geht!«*

Sobald das Mädchen mit dem Hund in der Schubkarre wieder bei den Gastarbeitern vorbeikam, brachen diese in amüsiertes Lachen aus. Schubkarren benutzten sie für ihre Arbeit, aber man fuhr doch keinen Hund damit in der Gegend herum. Die Männer konnten natürlich nicht sehen, dass dieser verletzt war. Dem Mädchen war zum Weinen zumute.

Als es dann zuhause das verwundete Tier in die Küche trug, fing die Mutter sofort an zu schimpfen; sie hätte es immer gewusst, der Hund würde nur Ärger machen. Auf den Kummer ihrer Tochter ging sie nicht ein. Diese holte den Vater aus dem Stall zu Hilfe. Er schaute sich den Hund nüchtern an und sagte nur das eine Wort: *»Erschießen.«* Da er nebenberuflich auch Hausmetzger war, schien ihm dies die einzige Möglichkeit zu sein, wie mit dem Tier zu verfahren sei. Eine Schusspistole, um

Schweine zu töten, hatte er im Haus. Diese musste auch für einen Hund zu gebrauchen sein.

Das Mädchen schrie entsetzt auf. Nicht erschießen, auf keinen Fall erschießen. Wegen seiner großen seelischen Qual erhielt es von seinem Vater die Erlaubnis, den Bruder anzurufen. Schließlich war es sein Hund und er solle entscheiden, was zu geschehen hätte. Der Bruder sagte ihm dann, es solle den Tierarzt verständigen und egal wie teuer eine Behandlung sein würde, er werde sie bezahlen. Da die Bauern kaum Telefon hatten, wurde der Arzt nicht angerufen, sondern er bekam eine Nachricht in einen bestimmten Briefkasten. Wenn er diesen dann leerte, erfuhr er, wer seine Hilfe benötigte. So geschah es, dass ihn die Nachricht erreichte, nach einem verletzten Hund zu schauen.

Als der Tierarzt zur Tür hereinkam, groß, jung und stark, ergriff das Mädchen die Zuversicht, dass vielleicht doch noch alles gut werden könnte. Der Arzt begutachtete die Verletzung des kleinen Hundes sehr genau und sagte, dass dieser einen Oberschenkelhalsbruch hätte. Er könne hier vor Ort nichts tun, aber wenn man ihm das Tier am nächsten Morgen in die Stadt in seine Praxis bringen würde, könnte er versuchen, den verletzten Knochen zu nageln. Er hätte das zwar noch nie gemacht, aber es wäre einen Versuch wert. Mit diesen Worten ging er.

Die Mutter schlug die Hände über dem Kopf zusammen und keifte: »*Auch noch Geld für so ein Viech ausgeben*«, und warf dem Hund dabei einen bösen Blick zu. Der Vater zuckte nur gleichgültig die Schultern und machte sich wieder an seine Arbeit.

Das Mädchen war erleichtert, dass der Arzt den Hund behandeln wollte, doch da tauchte das nächste Problem auf. Wie kam der Hund am nächsten Morgen in die Praxis des Arztes? Der Vater und die meisten Leute im Dorf hatten kein Auto, der Busfahrer ließ es bestimmt nicht zu, dass man mit einem verletzten Tier in den Bus einstieg. Da außer dem Mädchen keiner in Frage kam, der den Hund zum Arzt begleiten würde, bräuchte es zudem auch eine Entschuldigung für eine Befreiung vom Schulunterricht. Seine Mutter hatte sich bereits geweigert, ihm eine auszustellen.

Letztendlich blieb dem Mädchen nichts anderes übrig, als im Dorf herum zu laufen und die wenigen Autobesitzer zu fragen, ob sie den verletzten Hund zum Tierarzt fahren würden. Immer, wenn es seine Geschichte und seine Bitte vorgetragen hatte, erntete es meist Spott und Hohn. Ironische Bemerkungen, wie z. B.: »*Was müsst ihr euch auch einen Collie auf den Hof holen*« oder »*Das habt ihr nun davon, warum habt ihr euch nicht einen Schäferhund angeschafft!*« usw.

Solche harten Worte musste es sich immer wieder anhören. Inzwischen hatte es fast den Mut verloren weiter zu fragen und zu bitten. Ein letztes Mal wollte es dies noch probieren und brachte sein Anliegen mit Tränen in den Augen vor. Der Autobesitzer, den es zum Schluss aufsuchte, hatte wohl Mitleid und versprach ihm, seine Bitte zu erfüllen. Dem Mädchen fiel ein Stein vom Herzen und es eilte erleichtert durch die dunklen Straßen nach Hause.

Leider hatte es nicht an die Straßenarbeiten gedacht, so stürzte es kurz vor seinem Elternhaus in eine Grube, die nicht beleuchtet war. Es kam zwar mit dem Schrecken davon, hatte sich allerdings am Schienbein bis auf den Knochen verletzt. Als es in die Küche humpelte, hob seine Mutter wiederum ein großes Geschrei an. Missgelaunt säuberte sie dann letzten Endes doch die Wunde und legte einen Umschlag mit reinem Zwetschgenschnaps an. Das brannte gewaltig, aber dem Mädchen war in diesem Moment der eigene Schmerz egal, Hauptsache, dem Hund würde geholfen werden.

Dieser musste dann 14 Tage in der Tierarztpraxis verweilen. Der Arzt kam nur einmal auf dem Hof vorbei, um mitzuteilen, dass die Operation wohl gut verlaufen wäre. Er würde den Hund zurückbringen, sobald dessen Bein wieder hergestellt sei. Als das Mädchen eines Tages aus der Schule kam und die Mutter ihm misslaunig sagte, dass der Hund draußen im Schuppen wäre, rannte es sofort zu ihm. Als es ihn sah, war sein erster Gedanke: Oh Gott, wie ist er groß geworden und er steht ja tatsächlich wieder auf seinen vier Beinen. Zwar war das operierte Bein bis auf's Fleisch kahlgeschoren und sah ganz furchtbar aus, aber das war egal, Hauptsache, er konnte wieder laufen.

Der Hund schaute wieder mit diesem schuldbewussten Blick, etwas falsch gemacht zu haben, zu ihm auf und kam zögernd auf es zu. Da durchströmte das Mädchen ein großes Gefühl der Erleichterung, es umarmte den Hund und weinte in sein Fell. Von da an verstanden die beiden sich auch ohne Worte. Der Bruder war ebenfalls sehr froh, dass der Unglücksfall ein gutes Ende genommen hatte.

Der Hund war ein ganz besonderes Wesen. Er spürte die Stimmung der Menschen um sich herum und verhielt sich entsprechend. Merkte er z. B., dass das Mädchen Kummer hatte, kam er, legte seinen Kopf in dessen Schoß und schaute mit einem mitfühlenden Blick zu ihm auf. War es aber gut gelaunt, dann rannte er mit einem Lappen im Maul auf es zu und wollte mit ihm um diesen kämpfen. Auch dem Bruder zeigte er sich sehr zugetan und dieser erzählte dem Hund von seinem heimlichen Liebeskummer. Sogar die Leute im Dorf schauten inzwischen darüber hinweg, dass dieses ungewöhnliche Tier im Anhänger des Traktors saß und mit auf's Feld hinaus fahren durfte.

Dann kam der Tag, an dem das Mädchen berufsbedingt das Elternhaus verließ, der Bruder sich auswärts verheiratete und der Hund am Hofe zurückblieb. Immer, wenn die beiden zu Besuch kamen, gab es ein großes Hallo und Freudengebell. Beim Abschiednehmen aber waren sowohl der Hund als auch der Mensch traurig, dass sie sich wieder trennen mussten.

Da geschah das Wunder. Die Mutter, die nun mit ihrem meist übellaunigen, wortkargen Mann alleine im Haus und Hof war, entdeckte ihre Liebe zu diesem Tier. Es durfte nun zu ihr ins Haus und begleitete ihre einsamen Stunden, da ihr Mann allabendlich unterwegs war. Sie war es dann auch, die dem Hund in seinen letzten Stunden zur Seite stand und ihn nicht alleine ließ, als er starb.

Zu einem späteren Zeitpunkt machte das Mädchen, das zu einer Frau herangewachsen war, eine Therapie. Die Narbe an ihrem Schienbein erinnerte sie u. a. daran, dass sie als Kind besonders von der Mutter oft keine Hilfe erfahren hatte, gerade wenn sie diese am dringendsten gebraucht hätte. Um innerlich ihren Frieden und somit Versöhnung mit ihrer Vergangenheit zu erlangen, wollte sie ihre seelischen Verletzungen heilen. Ein Thema dabei war der Umgang mit dem eigenen inneren Kind. Es fiel ihr schwer, sich darauf einzulassen.

Da hatte die Frau diesen Traum. Sie saß im Schlafzimmer ihrer Eltern vor der Spiegelkommode ihrer Mutter. Als Kind war sie immer ganz fasziniert von dieser Kommode gewesen, denn der Spiegel hatte zwei bewegliche Flügel. Deshalb konnte man sich, je nach Einstellung, in vielfacher Spiegelung sehen. Da saß sie nun im Traum vor diesem Spiegel, schaute hinein, und sah zugleich vor ihrem geistigen Auge ihr inneres Kind, das draußen verängstigt vor der Schlafzimmertür stand. Es traute sich nicht einzutreten und sie war nicht fähig, dieses kleine Wesen zu sich zu rufen.

Da öffnete sich die Tür und herein kam nicht das Kind, sondern der Hund. Er legte wie früher seinen Kopf in ihren Schoß und schaute sie mitfühlend an. Plötzlich war der Frau klar, dass der Hund die Liebe verkörperte und der Panzer, der ihr Herz fest umschlossen hatte, zersprang. Sie weinte vor Freude, rief ihr inneres Kind zu sich herein, setzte es auf ihren Schoß und drückte es an ihr Herz. Der Hund aber legte sich zufrieden zu ihren Füßen nieder.

Mit diesem Traum-Erlebnis ging sie zur nächsten Therapiestunde und ihre Therapeutin hatte große Freude an der seelischen Weiterentwicklung, die die Frau durch ihren Traum mit dem Hund erfahren hatte.

Wale

Wale hatten die Frau schon immer fasziniert, diese wundervollen Tiere, die die Geschichte der Welt in sich tragen und trotz massiver Verfolgung bis heute überlebt haben. In der indianischen Lehre ist der Wal das Geschöpf, das alles gesehen und erlebt hat, dessen Rufe an die Geheimnisse längst vergangener Zeiten erinnern. Deshalb steht er symbolisch für das Erhalten und Bewahren. Der erste Wal begegnete ihr in Südafrika.

Ihr Mann hatte einen Onkel in Kapstadt. Auf dessen Einladung flogen sie über Weihnachten und Silvester dorthin. Der Onkel hatte sich Urlaub genommen und zeigte ihnen alles Sehenswerte. Kapstadt war eine wunderschön gelegene Stadt, eingerahmt von Bergen, doch die kilometerweiten Slums trübten das Bild gewaltig. Mit seiner Familie wohnte der Onkel in einer hochgelegenen Siedlung mit wunderschönem Blick auf die Stadt und den Hafen. Nachts wurden die Wohnhäuser von schwarzen Wächtern beschützt.

Es war schon merkwürdig, Weihnachtsdekorationen und Weihnachtsieder bei strahlend blauem Himmel und 28 Grad Hitze zu erleben. Dann kam Silvester. Der Onkel hatte eine Tochter, die beim Fernsehen arbeitete. Diese lud die Frau mit ihrem Mann zu ihrer Silvesterparty ein. Dort versammelte sich alsbald eine illustre Gesellschaft. Viele bunte Vögel waren darunter, männliche und weibliche. Der Chef der Cousine z. B. war im

Dirndl zur Party erschienen. Um die Mitternachtsstunde erklärte die Frau zur Überraschung aller, sie wolle ein kleines Feuerwerk veranstalten. Sie hatte die kleinen Raketen, zum Entsetzen ihres Mannes, im Koffer ins Land gebracht. Gott sei Dank hatte die Flughafenkontrolle diese nicht bemerkt.

Ein Feuerwerk zu Silvester war im Bekanntenkreis der Cousine unbekannt. Deshalb waren alle Gäste entsprechend aufgeregt. Als die Frau dann die Raketen zündete, gab es ein großes »Ahh ...« und »Ohh ...« Sie drückte den Leuten selbst Knallkörper in die Hand, die diese mit großer Begeisterung von sich warfen. Zwei Burschen, die sich die ganze Zeit an den Händen hielten und sich ständig küssten, riefen ein ums andere Mal entzückt: » Oh, it's so amazing, it's so beautiful!«

Nach Silvester hatte der Onkel dem Mann und der Frau versprochen, dass sie sein Wochenendhaus in der Nähe vom Kap der guten Hoffnung für ein paar Tage nutzen dürften. Die Frau freute sich sehr darauf, Zeit mit ihrem Mann allein verbringen zu können, denn ihrer beider Beziehung hatte Risse bekommen und sie hoffte darauf, dass ihnen die Zweisamkeit gut tun würde.

Das Ferienhaus hatte einen weitläufigen, wunderschönen Ausblick über den Ozean. Es war in den Hang gebaut und wurde in der Nachbarschaft nur »The German Bunker« genannt. Es war faktisch einbruchssicher und mit Alarmanlagen ausgestattet. Wie ihnen der Onkel erklärt hatte, wäre dies notwendig, um sich vor Einbrüchen, die von den »Schwarzen« verübt würden, zu schützen. Auf dem Tisch lag neben einer Schreckschuss-Pistole

auch ein exzellentes Fernglas, um die Gegend zu beob-
achten.

Sie hatten sich ein Auto gemietet und machten verschiedene Ausflüge. So fuhren sie die Gartenroute entlang, besuchten Weingüter und einsame Strände. Die
Natur zeigte sich von ihrer schönsten Seite. Der Mann
allerdings nicht, er zog sich noch mehr von ihr zurück
und das Herz der Frau wurde deshalb immer trauriger.
So wachte sie eines Tages in der Morgendämmerung auf
und wälzte sich sorgenvoll hin und her. Da sie nicht mehr
einschlafen konnte, stand sie letztendlich auf und setzte
sich ins Wohnzimmer. Sie schaute auf den riesigen dunklen Ozean und kam sich sehr verlassen und einsam vor.

Das Meer lag wie ein Spiegel vor ihr, glatt und unbe-
wegt. Die Sonne erhob sich langsam am Horizont und
warf die ersten Glitzerstrahlen über das Wasser. Da plötzlich war eine Bewegung zu sehen. An einer Stelle, nicht
weit vom Strand entfernt, kräuselte sich die Oberfläche
des Wassers ganz leicht. Neugierig geworden nahm die
Frau das Fernglas zur Hand. Sie wollte wissen, was das
Bild des glatten Spiegels zerstörte.

Was war da bloß los? Aufgeregt hielt sie die Luft an.
Irgendetwas durchbrach die Wasseroberfläche, ein un-
förmiges Ding schob sich heraus. Nein, das konnte doch
nicht …? Der Onkel hatte ihnen doch gesagt, dass die
Wale weitergezogen seien. Deren Zeit wäre vorbei und
sie war deshalb enttäuscht gewesen. Doch jetzt, konnte
es tatsächlich möglich sein? Sie presste das Fernglas fest
an die Augen. Zwar hatte sie noch nie einen Wal in Na-
tura gesehen, aber das, was sie sah, musste einer sein.

Die Sonne war inzwischen höher gestiegen, der Wal schob seinen mächtigen Schädel aus dem Wasser der Sonne entgegen. Ja, es sah so aus, als wolle er der Sonne seinen Gruß entbieten. Die Frau traute sich ob dieser Erscheinung kaum zu atmen. Was für ein Wunder, dies miterleben zu dürfen. Der Wal verharrte in seiner Position, bis sich ihm von weitem ein Motorboot näherte. Dieses nahm direkten Kurs auf ihn zu. Da tauchte der Wal ab und die Frau holte erst mal wieder tief Luft. Sie beobachtete, wie das Fischerboot direkt über die Stelle fuhr, an der der Wal sich gezeigt hatte. Oh schade, dachte sie enttäuscht, jetzt ist er weg,.

Kaum war das Boot in einiger Entfernung verschwunden, da, unfassbar, erschien der Kopf des Wales an derselben Stelle wieder. Jetzt konnte die Frau sich nicht mehr zurückhalten. Sie wollte dieses großartige Schauspiel mit ihrem Manne teilen und rief nach ihm. Als dieser schlaftrunken ins Wohnzimmer kam, erzählte sie ihm aufgeregt, was vor ihren Augen geschah und drückte ihm das Fernglas in die Hand. Er war ebenfalls beeindruckt und sie überlegten nun, ob sie schnell zum Strand fahren sollten, um näher am Geschehen dran zu sein. Da aber tauchte der Wal ab und war verschwunden. Sie wollte sich mit ihrem Mann über das großartige Erlebnis austauschen, doch dieser war müde und verzog sich wieder ins Bett.

Die zweite Begegnung mit dem Geschöpf Wal hatte die Frau in Neuseeland. Auch dieser Urlaub sollte zur Rettung ihrer Ehe beitragen und sie setzte abermals große Hoffnung in die gemeinsame Zeit. Neuseeland war ein Land voller Wunder. Nirgendwo auf der Welt hatte sie z. B. so viele prächtige und mächtige Regenbögen gesehen.

Sie hatten einen kleinen Campingbus gemietet und zogen von der Nordinsel zur Südinsel. Dort gab es einen Ort, an dem man »Whale watching tours« buchen konnte. Ihr Mann hatte weniger Lust auf eine solche Exkursion. Da er Segelflieger war, wollte er lieber von der Küste aus über die nahen Berge segeln. Nachdem er sich diesen Wunsch erfüllt hatte, war er schließlich doch bereit, dem ihrem zu entsprechen.

Es war ein etwas trüber Tag, die See war aufgewühlt und man wusste nicht, ob ein Boot zur Walbesichtigung hinausfahren würde. Die Billettverkäuferin sagte immer nur: »*Wait, please, wait!*« So warteten sie mit ein paar anderen Interessenten, die sich die Zeit damit vertrieben, sich mit »Fish and Chips« vollzustopfen.

Endlich kam das Okay und sie durften an Bord. Ihr Mann rümpfte sogleich die Nase und sagte: »*Hier stinkt es nach Kotze.*« Die Frau roch dies zwar auch, aber es störte sie nicht, da sie sich in der frohen Erwartung befand, Wale sehen zu können. Der Seegang war sehr rau, aber sie hatte sich ein Armbändchen gegen Übelkeit gekauft und war entsprechend zuversichtlich. Auch als die ersten Fish and Chips-Esser ihr Verspeistes auf den Fußboden erbrachen, lächelte sie ihnen aufmunternd zu. Als der Stewart anfing, den verdreckten Boden mit einem Schlauch abzuspritzen, ging Ihr Mann, sichtbar angeekelt, sofort ans Oberdeck.

Der Seegang war weiterhin heftig und von Walen keine Spur. Der Guide vertröstete die Leute immer wieder, bis er schließlich dem Skipper sagte, er möge umkehren, das würde heute mit den Walen wohl nichts mehr werden. Die Frau war entsprechend enttäuscht, außer hohen Wellen, speienden Menschen, ihr selbst wurde auch zunehmend mulmig im Magen, hatten sie nichts erlebt.

Da plötzlich ertönte ein Schrei: »*Whale in front of us.*« Alle rannten aufs Oberdeck, nur sie blieb alleine mit klopfendem Herzen unten am Fenster sitzen. Würde sie doch noch einen Wal zu sehen bekommen? Ihre Aufregung nahm zu. Es gab großes Gebrüll am Oberdeck und da tauchte schon an der Seite des Bootes ein riesiges graues Etwas auf. Sie erkannte den Rücken eines Wales. Sofort kamen ihr die Tränen. So dicht neben diesem wundervollem Tier sein zu dürfen, erfüllte ihr Herz mit großer Ehrfurcht. Der Wal, vom Menschen über Jahrhunderte oft gejagt, gequält und getötet, hielt sich ganz friedfertig neben dem Boot auf. In seiner Größe und Stärke hätte er das Boot leicht zum Kentern bringen können. Stattdessen aber schwamm er ganz entspannt daneben her. Sie dachte an das Erlebnis in Südafrika und dankte dem Universum, diesem Tier jetzt so nahe sein zu dürfen.

Ihre Erinnerung wurde von dem Geschrei des Guides gestört. Er brüllte ständig: »*Show me your tail, show me your tail!*« Interessiert ging die Frau nun auch auf das Oberdeck und sah, dass der Wal abtauchte. Dabei hob er seine riesige Schwanzflosse aus dem Wasser und wackelte wie zum Gruß damit, bevor auch diese ganz verschwand. Die Leute klatschten Applaus. Weiter draußen im Meer zogen noch einige andere Wale ihre Bahnen, doch nur dieser eine war ihnen so nahe gekommen. Was für ein Glück sie doch hatte!

Da es zu nieseln anfing, gingen alle wieder ins Unterdeck. Ihr Mann setzte sich genau auf den Platz vor ihr. Da spürte die Frau, dass ihr Magen sich im Rhythmus der Wellen hob und senkte. Oh, bitte nicht, dachte sie. Aber es war zu spät. Der Mageninhalt wollte unbedingt ans Licht, sie aber wollte ihn natürlich bei sich behalten. Es gab einen Kampf zwischen ihr und ihrem Magen, den sie letzten Endes doch verlor. Mit aller Gewalt kam ihr halbverdautes Frühstück die Speiseröhre hoch und füllte ihren Mundraum aus. Sie versuchte tapfer, den Brei wieder hinunterzuschlucken und presste die Lippen fest zusammen. Dies führte aber nur dazu, dass der Mageninhalt mit voller Kraft aus ihren Nasenlöchern spritzte und in hohem Bogen sich ihrem Mann, der wie gesagt vor ihr saß, direkt in den Hemdkragen ergoss. Dieser fuhr mit einem Aufschrei von seinem Platz hoch und schüttelte angeekelt das Erbrochene von sich. Die Frau gab ihm auch gleich schuldbewusst ihr Halstuch, das er zum Abwischen benutzte. Am Abend wollte sie mit ihm über diese zweite wundervolle Begegnung mit einem Wal reden, doch er hatte nur die Sache mit der Kotzerei an Bord im Kopf.

Ihre Ehe war durch diese wunderbare Reise auch nicht mehr zu retten gewesen. So hatten sie schließlich die Vereinbarung getroffen, sich als Paar zu trennen, doch in ihrem Haus als Wohngemeinschaft zusammenzuleben. Die Frau lag eines Abends in ihrem Bett und kam sich sehr einsam vor, zumal auch Ihre Mutter kurz vorher gestorben war. Sie weinte ob ihrer Verlassenheit und fühlte in sich eine abgrundtiefe Traurigkeit.

In ihrer größten Verzweiflung schob sich plötzlich mit aller Macht ein Bild vor ihr geistiges Auge. Ein riesiger Wal kam auf sie zu, riss das Maul auf und verschluckte sie. Sie spürte Panik, Angst und Entsetzen gleichzeitig in ihrem Herzen und dachte: Jetzt muss ich sterben. Doch es geschah genau das Gegenteil. Als sie sich im Inneren des Wales befand, fühlte sie sich überraschenderweise wunderbar beschützt und geborgen. In ihrer Phantasie trug der Wal sie durch die Weltmeere. Sie kam sich vor wie ein Kind im Mutterleib, sicher und geborgen. Gleichzeitig wuchs in ihr die Gewissheit, dass, egal, was immer ihr auch geschehen würde, sie niemals alleine wäre. Denn da waren wunderbare heilsame Kräfte um sie, ja, sie fühlte sich nun als Teil eines großen Ganzen, als ein Teil des Universums.

So getröstet schlief sie in dieser Nacht tief und fest. Das Wissen aber, das sie in dieser Nacht im Traum mit dem Wal gewonnen hatte, verlor sie ihr ganzes Leben lang nicht mehr. Es gab ihr Vertrauen, Zuversicht und Sicherheit.

Beduin Woman

Die Jahrtausendwende stand bevor und die Frau und ihr Mann überlegten, wie sie dieses außergewöhnliche Ereignis auf besondere Weise erleben könnten. Es sollte etwas Außergewöhnliches und zugleich Ruhiges sein. Sie wählten Ägypten, den Sinai, eine kleine Hotelanlage gleich hinter der israelischen Grenze. Ein Haus, das Wert auf Kontakte mit der Bevölkerung legte und den Touristen einen einheimischen Führer an die Hand gab.

Als der Tag gekommen war, begaben sie sich auf die Reise. An der israelischen Grenze wurden sie voneinander getrennt und auf Herz und Nieren fast wie Schwerverbrecher von den Grenzbeamten kontrolliert und ausgefragt. Dies war für beide eine nervenaufreibende Prozedur. Dann ging es in der dunklen Nacht zu Fuß über die ägyptische Grenze. Dort wurden ihre Pässe von einem düster aussehenden Beamten mit schwarzem Vollbart überprüft. Dieser strahlte plötzlich über das ganze Gesicht und sagte im freundlichen Ton zu ihnen: *»Welcome to Egypt.«* Dieser überraschend freundliche Empfang tat so gut!

Die kleine Hotelanlage war ganz nach ihrem Geschmack. Nicht zu protzig, kleine Wohneinheiten, ganz in Weiß gehalten, keine Schwimmbecken oder sonstige Möglichkeiten zum Bespaßen. Dafür ein wunderschöner

Sandstrand vor der Tür. Das Rote Meer lag vor ihnen, die Steinwüste hinter ihnen. Vor dem Hotel lagerte eine Beduinengruppe von ca. 50 Menschen, die alle miteinander verwandt waren. Wie beiden und ihrer Reisegruppe erklärt wurde, würden sie von diesen bei ihren Ausflügen betreut werden.

Der ägyptische Fremdenführer gab ihnen nach und nach eine Einführung in die Kultur, die Sprache und die Religion des Landes. Für die Frau war vor allem die Information wichtig, dass sie unbedenklich am Strand entlangwandern könne. Die ägyptischen Männer würden zwar versuchen, mit den Touristinnen zu flirten, aber mehr sei nicht zu befürchten, da auf Vergewaltigung die Todesstrafe stünde.

Unbekümmert machte es sich die Frau deshalb zur Gewohnheit einmal am Tage am Meer entlang zu laufen. Ihr Mann hatte einen Tauchkurs belegt und war die ganze Zeit damit beschäftigt. Da sie sich auf keinen Fall leicht bekleidet zeigen wollte, zog sie sich einen Kaftan an und wickelte sich ein Tuch um den Kopf. So ging sie los. Den ganzen Strand entlang standen Zelte, in denen Tee oder Kaffee angeboten wurde. Immer, wenn sie an einem dieser Stände vorbeikam, pfiffen ihr die Männer hinterher und bald hörte sie auch den Ruf: »*Hey Beduin Woman, come on drink tea with me.*« Sie folgte keiner dieser Stimmen und ging hoch erhobenen Hauptes ihres Weges.

Die Frau fühlte sich vom Roten Meer magisch angezogen, denn von diesem ging ein beständiger Zauber aus. Sobald sie ihren Kopf ins Wasser steckte, sah sie die schönsten Korallen und buntesten Fische in ihrer leuchtenden Vielfalt. Eine Wunderwelt, die im Verborgenen lag. Sichtbar dagegen waren die Berge, die im Laufe des Tages eine stets wechselnde Farbe aufwiesen. Die Farbpalette ging von golden bis purpurrot. Und vor diesem Hintergrund ritten Männer auf ihren Kamelen vorbei. Sie wirkten stolz und imposant, an Frauen schienen sie allerdings uninteressiert, anders als die Männer in den Teezelten.

Die Beduinenfamilie, die vor dem Hotel ihre Zelte aufgeschlagen hatte, lud eines Abends zu einem Treffen ein. Die Frauen, alle schwarz gekleidet und verschleiert, buken Fladen über einem heißem Stein und boten den landesüblichen, zuckersüßen, schwarzen Tee an. Ansonsten hielten sie sich im Hintergrund und wirkten schüchtern. Die Männer dagegen traten selbstbewusst auf und zeigten ihre musikalischen Fähigkeiten. Ihre Saiteninstrumente bestanden aus Keksdosen. An diesen waren Holzstäbchen angebracht, die mit Saiten aus Kamelhaar bespannt waren. Mit diesen einfachen Instrumenten spielten sie wahrhaft gute Musik. Die Kommunikation gestaltete sich nur über Mimik und Gestik bzw. der Reiseführer übersetzte alle Fragen und Antworten. Die Kinder zeigten große Neugierde an den Gästen und bestaunten alles, von der Sonnenbrille bis zu den Sandalen. Ein Mädchen sang ihnen überraschend das Lied »*Alle meine Entchen*« vor, welches ihm ein deutscher Tourist beigebracht hatte.

Bei ihrer täglichen Tour am Meer entlang sah die Frau einmal einen Mann bis zu den Knien im seichten Wasser stehen. Er war westlich gekleidet, hatte eine kurze Hose

und ein T-Shirt an, im Gegensatz zu den anderen Männern, die alle Gewänder trugen, die der Tradition ent-
sprachen. Er stand regungslos im Wasser und wirkte sehr
konzentriert. Die Frau war neugierig, sie fragte sich, was
der Mann da wohl vorhabe. Plötzlich schoss sein Arm
blitzschnell ins Wasser und er hielt einen zappelnden
Fisch in der Hand. Als er sich umdrehte, sah er die Frau,
die ihn beobachtete. Er kam ans Ufer, strahlte diese an
und sagte: »*Hallo, my name is Yussuf, but you can say Joseph to
me! Let's have a tea together.*« Ohne ihre Reaktion abzuwar-
ten ging er mit dem sich windenden Fisch auf eine kleine
Hütte zu. Die Frau folgte ihm ganz selbstverständlich,
denn er wirkte wie der nette Nachbar von nebenan.

Die Hütte war windschief aus Holz und Blech zusam-
mengeflickt, innen war sie schlicht und ohne Möbel. Es
lagen nur ein paar alte Matratzen und fleckige Kissen
herum, ansonsten Koch- und Handwerkszeug, letzteres
vermutlich zum Angeln und zum Fische verwerten.
Joseph schleppte eine Matratze ins Freie und bat die Frau
Platz zu nehmen. Dann machte er sich in der Hütte zu
schaffen und kam mit einem Tee und ein paar Keksen
zurück. Er setzte sich neben sie und sie unterhielten sich
mehr schlecht als recht auf Englisch. Irgendwann musste
sie zurück ins Hotel und er lud sie ein, am nächsten Tag
zum Fischessen vorbeizukommen. Sie sagte weder zu,
noch lehnte sie ab, sie wollte erst mal abwarten, ob sie
sich am nächsten Tag zu einem Treffen mit ihm bereit
fühlte.

In ihrer Reisegruppe war eine allein reisende Dame
aus Österreich. Die Frau und ihr Mann hatten sich mit

dieser angefreundet und sie saßen stets gemeinsam beim Essen am Tisch. Beim Frühstück erzählte diese Bekannte nun, dass ein Wunderheiler etwas abseits vom Strand sein Zelt aufgeschlagen hätte. Sie würde gerne eine Heilbehandlung bei sich vornehmen lassen, da sie manchmal unter depressiven Verstimmungen leide. Sie traue sich aber nicht, alleine dorthin zu gehen und fragte die Frau, ob sie sie begleiten wolle. Diese überlegte kurz und traf dann ihre Entscheidung: Es würde keinen Fisch bei Joseph, sondern einen Besuch beim Wunderheiler geben.

Am Spätnachmittag machten die beiden Frauen sich auf, weg vom Strand in Richtung der Berge. Sie sahen schon von weitem eine seltsame Behausung. Beim Näherkommen entdeckten sie zwei Zelte, die durch eine Plastikplane miteinander verbunden waren. Das erstere stellte sich als Vorzelt heraus. Es war kleiner und diente dazu, die Besucher zu empfangen. Das zweite Zelt war wohl das Zelt für die Heilbehandlung. Es sah eher aus wie ein indianisches Tipi, von außen mit Tierfellen aller Art behangen. Lange Streifen von buntem Plastik, an denen verschiedene Utensilien, wie z. B. Knöchelchen, angebracht waren, wehten von der Zeltspitze herunter. Diese klapperten im Wind und machten mit verschiedenen Glöckchen entsprechende Musik. Das Ganze wirkte sehr fremdartig und exotisch.

Im Vorzelt brannte ein kleines Feuer und ein englisch sprechender Araber kam auf sie zu. Er bot ihnen heißen, zuckersüßen Tee an und sagte ihnen, dass sie auf den Heiler warten müssten, da dieser noch in den Bergen weile. Das Geld wolle er aber schon im Voraus kassieren.

Nach ungefähr einer Stunde Wartezeit stand der Wunderheiler dann plötzlich wie aus dem Nichts hervorgezaubert vor ihnen. Er war eine auffällige Erscheinung. Sein Gesicht war voller Falten und Runzeln, er war sehr groß, sein Körper wirkte ausgezehrt und war leicht gekrümmt. Er trug einen dünnen Bart, den er am Kinn zusammengezwirbelt hatte. Sein Haar war verfilzt und stand ihm wirr um den Kopf. Das auffallendste aber war sein stechender Blick, der sie beide eindringlich aus sehr dunklen schmalen Augen von Kopf bis Fuß musterte.

Der Araber diente als Übersetzer und erklärte dem Heiler, dass nur eine der Frauen eine Behandlung wünsche und zeigte dabei auf die Bekannte. Daraufhin winkte er diese zu sich, entzündete am Feuer ein stark riechendes Kraut und ging damit um diese herum. Wie der Übersetzer ihnen erklärte, räuchere er damit die schlechten Energien der Bekannten aus, damit ihre Heilung besser stattfinden könne. Die Frau beobachtete alles ganz genau, dann nahm sie sich ein Herz und fragte, ob sie bei der Behandlung zuschauen dürfe. Der Heiler musterte sie eindringlich und sagte dann überraschenderweise auf Englisch: »Okay.« Auch die Bekannte war damit einverstanden, sie schien sogar erleichtert, dass sie bei der Prozedur mit diesem wunderlichen Menschen nicht alleine sein würde.

Der Heiler wies der Frau einen Platz im Zelt zu, wo sie sich hinsetzen sollte. Dann legte er einen Finger auf den Mund und bedeutete ihr damit, dass sie von nun an schweigen solle. In der Hütte hingen verschiedene rituelle Gegenstände und es roch sehr eigenartig. Die

Frau wusste nicht, ob nach Ziege, Kameldung oder Kräutern. Es war wohl eine Mixtur von allem. Inzwischen hatte der Heiler ihre Bekannte angewiesen, sich nackt bis auf die Unterhose, bäuchlings auf eine dünne Matratze, die am Boden lag, auszustrecken. Er setzte sich dann sogleich rittlings auf ihren Po und bearbeitete ihre Schulterpartie. Mit seinen langen Fingern griff er dabei auch unter ihre Schulterblätter, was ein lautes Stöhnen bei der Bekannten verursachte, dann drehte er deren Kopf hin und her, strich die Halswirbelsäule hinauf und hinunter, klatschte danach alle Muskeln ab und rieb diese mit einem stark riechenden Öl ein.

Darauf stand er auf, beugte sich breitbeinig über die Bekannte und wandte sich deren Po zu. Er knetete die Backen in einem Tempo und in einer Heftigkeit, dass der Frau schon vom Zusehen ganz anders wurde. Dabei gab er einige Grunzlaute von sich. Auch der Po wurde zum Schluss heftig mit kleinen Handschlägen bearbeitet. Anschließend kamen die Oberschenkel an die Reihe. Er walkte diese so massiv durch, dass die Bekannte Schmerzensschreie ausstieß. Diese ließen den Heiler völlig kalt, im Gegenteil, er stellte sich rechts und links neben ihre Oberschenkel, nahm ihre Füße in die Hand und zog die Beine ruckartig nach oben, sodass der Körper voll ins Hohlkreuz kam, was der Bekannten wiederum Schmerzensgeschrei entlockte. Der Heiler brummte daraufhin zufrieden und zeigte ihr an, dass sie sich umdrehen solle.

Dann legte er sich ihren Kopf in den Schoß. Er zog ihr die Haarspitzen lang, pustete über ihr Gesicht, drückte an ihren Ohren herum und rieb an ihrer Nasenwurzel.

Relativ schnell kam er zu ihren üppigen Brüsten. Er hob diese an, klatschte sie gegeneinander, zerrte sie zu sich hin und schob sie wieder weg, knetete sie einzeln durch, zog sie an den Brustwarzen hoch und ließ sie wieder fallen. Die Bekannte gab dabei Töne von sich, die teils nach Lust, teils nach Schmerz klangen. Mit der Brustbehandlung ließ sich der Heiler viel Zeit, bevor er sich dem Bauch und dem Becken zuwandte. Er kniete nun seitlich neben ihr. Bei dieser Anwendung verweilte er nicht lange, allerdings massierte er ihre Oberschenkel wieder ausführlich. Dann stand er auf, warf sich ihre Beine über die Schulter, ging einen Schritt zurück und zog diese damit in die Länge. Nach alldem ölte er ihre Vorderseite noch ein, wobei er sich bei den Brüsten wiederum viel Zeit ließ. Dann war die Heilbehandlung zu Ende.

Im Vorzelt wickelte er der Bekannten ein Bändchen um das Handgelenk und ließ durch den Übersetzer mitteilen, dass sie dieses nicht abnehmen dürfe, bis es von alleine abfallen würde. Dann schaute er die Frau wieder sehr eindringlich an, sagte zu ihr in Englisch: »*You are okay*«, und wickelte ihr ebenfalls ein Bändchen um. Schweigend gingen die beiden Frauen ins Hotel zurück. Am Abend erklärte die Bekannte, dass sie sich schon besser fühle und sie überlege, den Heiler nochmals aufzusuchen. Sie könne jetzt auch ohne Begleitung dorthin gehen, da sie ja jetzt wisse, wie die Heilbehandlung ablaufen würde.

Und dann war er da, der besondere Tag, der letzte im alten Jahrtausend. Den Hotelgästen stand es frei, im Hause zu feiern oder die Nacht in der Wüste zu verbringen. Die Frau entschied sich, mit ihrem Mann letzteres Angebot zu nutzen und das neue Jahr auf diese besondere Art zu begrüßen. Sobald es dunkel wurde, warteten die Beduinen mit ihren Kamelen vor dem Tor und hießen die Gäste aufsteigen. Der Weg führte in die Berge. Ungefähr zwei Stunden dauerte der Ritt. Die Frau genoss diesen sehr, das bedächtige Schreiten der Kamele versetzte sie in eine leichte Trance. Die Kameltreiber hatten Fackeln entzündet und erhellten damit die Nacht. Die Berge warfen gespenstische Schatten.

Irgendwann kamen sie dann in eine Talsenke, die von kleineren Hügeln umgeben war. Dort waren sie am Ziel angekommen. Der Reiseführer erklärte ihnen, dass sich jeder Einzelne nun einen Platz in den Hügeln suchen solle, um dort die Mitternacht in aller Stille alleine zu erleben. Jeder bekam einen kleinen Teppich und eine Taschenlampe in die Hand gedrückt, die man dann löschen sollte, sobald man seinen ganz besonderen Ort gefunden hätte. Zwei Stunden nach Mitternacht würden die Beduinen in der Talsenke ein Feuer entfachen. Dies wäre dann das Zeichen, um zurückzukehren.

So suchte sich die Frau einen Platz in den Hügeln. Überall verstreut sah sie die Lichter der Taschenlampen leuchten. Sie hatte keine Ahnung, wohin ihr Mann gegangen war. Nach und nach verloschen alle Lampen. Nun herrschte Dunkelheit, doch über ihnen breitete sich ein phantastisches Sternenzelt aus und warf ein mildes

Licht zur Erde. Die Himmelskörper schienen unglaublich nahe zu sein und leuchteten so intensiv, wie sie es noch nie erlebt hatte. Dazu kam die Stille der Nacht, die sich samtig anfühlte. Ein unglaubliches Glücksgefühl überfiel die Frau, tiefe Freude zog in ihr Herz ein. Sie fühlte sich eins mit dem Universum, geborgen und geliebt. Ihr Kopf war frei von Gedanken. Ihre Seele nahm die Reinheit und die Schönheit der Nacht in sich auf. Da gab es keinen Platz für etwas anderes.

Sie verlor ganz und gar das Zeitgefühl und war überrascht, als das Feuer unten im Tal entzündet wurde. Schließlich bedeutete dieses ja, dass das neue Jahrtausend in aller Stille bereits zwei Stunden alt geworden war. Die Menschen kamen nach und nach aus den Hügeln, sie umarmte ihren Mann und sie wünschten sich ein gutes neues Jahr. Zwei Stunden später waren sie zurück im Hotel.

Am Nachmittag machte die Frau am Strand wieder ihre Runde. Dort traf sie wieder auf Joseph, der sie fragte, warum sie nicht zum Fischessen gekommen sei. Darauf erzählte sie ihm von dem Besuch beim Heiler, worauf er grinste und sagte: »*He loves the money and the breast of the women, that's all*«, dann lud er sie erneut zum Fischessen ein. Sie meinte okay, aber nur mit ihrem husband. Worauf er erwiderte: »*I never saw you with a Mister husband, you always walk alone on the beach, but you can invite him.*«

So lud sie ihren Mann zum Fischessen bei Joseph ein. Doch er hatte wenig Lust sie zu begleiten, letzten Endes ging er aber doch mit. Joseph freute sich über ihren Besuch, ließ sich aber nichts anmerken, als sie ihm ihren

»husband« vorstellte. Er wuselte herum, briet seine Fische, kochte ihnen Tee und brachte dann das Essen auf Blechtellern herbei. Er hatte noch irgendein Gemüse dazu gezaubert und bot den Fisch mit einem Fladenbrot an. Es schmeckte vorzüglich und selbst ihr Mann taute mit der Zeit ein wenig auf und unterhielt sich mit ihm.

Als sie nach dem Essen aufbrechen wollten, sagte Joseph zu ihr: »*Please wait a moment*«, ging in seine Hütte und kam mit einer Muschelkette zurück. Diese legte er ihr um den Hals und kümmerte sich nicht darum, ob dies ihrem Mann gefiel. Außerdem meinte er, sie solle übermorgen am Abend wiederkommen, ein guter Freund von ihm käme zu Besuch, dieser wäre ein Beduinenfürst und ein ganz besonderer Mensch. Letzteres konnte ihr Mann nicht mehr hören, denn er war schon ungeduldig vorausgegangen.

Der besagte Abend kam heran und die Frau überlegte, ob sie die Einladung von Joseph annehmen sollte. Es war der letzte Tag ihres Urlaubes. Ihr Mann traf sich mit seiner Tauchergruppe, zu welcher auch die Bekannte gehörte, um gemeinsam ein Abschiedsfest zu feiern. So konnte sie ihren Abend frei gestalten. Sie kam zu der Einsicht, dass man nicht alle Tage die Gelegenheit hatte, einen Beduinenfürsten kennenzulernen und entschied sich, Josephs Angebot anzunehmen. So ging sie, in ihren Kaftan gekleidet, mit ihrem Turban auf dem Kopf und mit einem aufgeregten Herzen dem Abend entgegen.

Joseph freute sich wie immer, als er sie sah und kochte ihr sofort Tee. Er sagte ihr, dass er nicht glauben könne, dass der Mister ihr »Husband« sei. Dieser hätte »*No loving feelings for her*« gezeigt und er denke, sie hätte sich einen Mann aus der Reisegruppe ausgeborgt, um ihn, Joseph, zu täuschen. Die Frau lachte nur ob dieser Idee und ließ es dabei bewenden. Es hatte wohl wenig Sinn, ihn von etwas anderem zu überzeugen. Außerdem glich die Natur gerade einem Paradies, da die Sonne die Berge in glutrotes Licht tauchte und das Rote Meer vor ihnen gleich Diamanten silbern glitzerte. Wozu die Stimmung mit den Problemen ihrer Ehe verderben?

Jetzt fehlte nur noch der Beduinenfürst. Sie hatte den Verdacht, dass Joseph sie vielleicht angelogen hatte und fragte ihn, wo sein Freund denn nun bleibe. Er lachte und sagte, dass dieser sehr eigenwillig sei und komme und gehe, wann er wolle. Er ließe sich von niemanden etwas vorschreiben. Die Zeit verging, die Sonne versank langsam hinter den Bergen und dann war es soweit.

Ein großes, weißes Kamel tauchte in einiger Entfernung am Strand auf. Ein Reiter in stolzer, aufrechter Haltung näherte sich Josephs Hütte. Er hielt direkt davor an und stieg majestätisch von seinem Kamel. Der hochgewachsene schlanke Mann war in einen knöchellangen Thawb aus weißer Baumwolle gekleidet. Sein Shemag, den er um Kopf und Gesicht gewickelt hatte, war ebenfalls aus weißem Stoff und ließ nur die dunklen, fast schwarzen Augen frei. Der Fürst strahlte mit jeder Pose große Souveränität und enorme Selbstsicherheit aus. Er begrüßte Joseph mit einem kurzen Nicken und nahm wie selbstverständlich ohne Aufforderung Platz. Dieser freute sich wie ein Kind über den Besuch und holte sogleich Tee und Gebäck für seinen Freund. Erst dann stelle er die Frau als »*Beduin Woman*« vor. Der Fürst würdigte sie keines Blickes. Er richtete auch keinerlei Worte an sie, sondern unterhielt sich in der Landessprache weiterhin nur mit Joseph.

Der Frau war dies egal. Sie saß auf ihrem Kissen und fand die ganze Situation unglaublich. Mit Erstaunen stellte sie fest, dass sie ein Teil einer Filmszene sein könnte, denn alles war so unwirklich – das wahnsinnige Farbenspiel der Natur, die romantische Abendstimmung, die beiden Männer vor ihr, so unterschiedlich in ihrer Art. Bin ich das, die das erlebt, fragte sie sich. Jede Sekunde des Zusammenseins faszinierte sie über die Maßen, obwohl der Beduinenfürst ihre Anwesenheit nach wie vor ignorierte.

Was dachte er wohl über sie? Eine Touristin, die sich kleidete wie eine Beduinin. Wie lächerlich sie in seinen Augen sein musste. Doch auch das war ihr gleichgültig, denn sie war sich sicher, eine solche unglaubliche Situation würde sie nie wieder erleben. Deshalb kostete sie jeden Augenblick aus. Joseph richtete ab und zu das Wort an sie, schenkte ihr Tee nach und bot ihr Gebäck an.

Nach etwa einer Stunde erhob sich der Fürst, verabschiedete sich von seinem Freund, stieg graziös auf sein Kamel und ritt leicht wie ein Schmetterling in die anbrechende Dunkelheit davon. Die Frau hatte nicht einen Blick von ihm empfangen, aber ein unglaubliches Abenteuer geschenkt bekommen. Joseph freute sich, dass er sein Versprechen hatte einlösen können. Er kam nun, da sie wieder alleine waren, auf sie zu, nahm ihre Hand und flüsterte ihr Zärtlichkeiten ins Ohr. Oh je, dachte sie, jetzt muss ich schnell die Kurve kriegen. Sie sagte ihm, dass sie ins Hotel zurück müsse, da die Nacht hereingebrochen sei und ihr *husband* auf sie warte. Er grinste bei dem Wort Husband und gab sich erst zufrieden, als sie ihm versprach, am nächsten Tag wiederzukommen. Diese Zusage war eine Notlüge, denn ihr Urlaub war zu Ende, doch das wusste er ja nicht. So ließ er sie mit einem Kuss auf die Wange gehen, in freudiger Erwartung ihres nächsten Besuches.

Die Frau ging am Strand entlang zurück in Richtung Hotel. Sie hörte nicht die Rufe der Männer aus den Zelten: »*Hallo Beduin Woman, come on, drink tea with me.*« Tief in Gedanken versunken an das Erlebte, ging sie ihres Weges. Doch auf einmal war sie wieder hellwach. Denn plötzlich wurde das dunkle Meer vor ihr lebendig. Es schien, als ob sich tausende kleine Glühwürmchen über den Strand bewegten. Sie tanzten umher und spielten miteinander. Ihre Lichter huschten über die Wasseroberfläche und machten diese zu ihrer Spielwiese. Die Frau blieb verzückt ob dieses Ereignisses stehen und konnte nicht glauben, was sie da sah. Das Meer machte ihr ein traumhaftes Abschiedsgeschenk. Dieser letzte Tag war so grandios und voller Wunder, dass ihr Herz voller Dankbarkeit und Freude in den Sternenhimmel hinauf flog.

Als sie spät ins Hotel zurückkam, war ihr Mann noch am Feiern. Sie erzählte ihm niemals von ihren Erlebnissen an diesem letzten Abend am Roten Meer. Es war ihr Geheimnis und sie bewahrte es in ihrem Herzen, wie einen kostbaren Diamanten. Aber immer, wenn sie an diesen besonderen Abend zurückdachte, die Begegnung mit dem Beduinenfürsten und die ganzen Wunder, die die Natur ihr nochmal gezeigt hatte, fühlte sie sich doch ein klein wenig als *»Beduin Woman«*.

Kuba – Che Guevara, Havanna und das Tropicana

Ihre Freundin wollte unbedingt nach Kuba, um einmal am Grab von Che Guevara zu stehen. Dieser war das Idol ihrer Jugend gewesen und seinen wohl berühmtesten Satz: »*Seien wir realistisch, versuchen wir das Unmögliche*« hatte sie damals zu ihrem Leitspruch erkoren und ihr Leben danach ausgerichtet. Ja, ihre Freundin war stets eine Kämpferin gewesen, doch jetzt war sie todkrank und eine solche große Reise war eigentlich undenkbar. Doch da es ihr größter Wunsch war, in Santa Clara an der Gedenkstätte ihres großen Helden zu stehen, erklärte sich die Frau bereit, ihre Freundin zu begleiten.

Auf dem neunstündigen Flug nach Kuba musste diese dann des Öfteren die Toilette aufsuchen. Da sie dort Hilfestellung brauchte, musste sich die Frau mit ihr dort hineinquetschen, wo kaum für eine Person Platz war.

Die Freundin hatte die Reiseroute festgelegt. Zuerst waren ein paar Tage auf der Urlaubs-Halbinsel Varadero geplant, von dort aus ein Ausflug nach Santa Clara zur Grabstätte von »Che« und dann ein paar Tage über Silvester nach Havanna. Sie wurden vom Chauffeur ihres Hotels am Flughafen abgeholt und fuhren eine kurze Strecke über Land. Bevor sie die Urlaubsinsel betreten durften, wurden ihre Papiere an einer Kontrollstelle überprüft. Im Gegensatz zu der Armut, die sie bereits auf der kurzen Fahrt über Land bemerkt hatten, kamen sie nun ins Paradies. Sie fuhren an den schönsten Hotels vorbei und ihr gebuchtes Holiday Resort war ebenfalls sehr luxuriös und äußerst komfortabel.

Schon am zweiten Tag ihres Aufenthaltes ging es ihrer Freundin bereits gesundheitlich so schlecht, dass die Frau bei der Hotelleitung nach einem Arzt verlangte. Dieser gab der Kranken ein paar Injektionen, verordnete Bettruhe und besorgte einen Rollstuhl, damit sie zum Essen gefahren werden konnte. Ihre Freundin aber wollte von Bettruhe nichts wissen, die Frau sollte sie im Rollstuhl überall herumfahren. An der Bar flirtete sie sogar mit ein paar Männern aus Russland, die reichlich dem Alkohol zusprachen.

Am vierten Tag ihres Aufenthaltes hatte ihre Freundin den Ausflug nach Santa Clara geplant. Pünktlich um neun Uhr erschien der Taxifahrer, der zugleich auch als Touristenführer fungierte. Er sprach etwas englisch, war etwa fünfzig Jahre alt und rauchte im Auto wie ein Schlot. Außerdem hatte er eine sehr rasante Fahrweise. Er donnerte übers Land und sobald sie durch ein Dorf kamen, hupte er die ganze Zeit, sodass alles, was im Weg stand, auf die Seite flüchtete, Kinder, alte Menschen, Hunde, Hühner und sonstige Wesen. Wenn die beiden Frauen dann entsetzt aufschrien, lachte der Fahrer nur. Irgendwann erklärte er ihnen, dass sie nun auf eine Autobahn kommen würden. Diese sogenannte »Autobahn« war einspurig und wurde auch von Fahrrad- und Mopedfahrern benutzt, für eine Autobahn doch recht ungewöhnlich!

Es dauerte nun nicht lange, dann musste ihre Freundin zur Toilette. Es gab aber weit und breit keine. Deshalb hielt der Fahrer unvermittelt an der erstbesten Hütte an und erklärte den Leuten dort das Problem. Diese waren sehr freundlich und führten die Kranke durch das einzige Zimmer des Hauses zu einem Verschlag. Dort sollte sie sich über ein offenes Loch im Boden setzen. Dies gelang ihr allerdings nur mit Hilfe ihrer Freundin.

So kamen sie mit ein paar ähnlichen Zwischenstopps irgendwann nach Santa Clara. Die Frau dachte sich nur, auf diese Art und Weise kann man auch Land und Leute kennenlernen. Was ihr aufgefallen war, dass ihnen in jeder Hütte ein Bild von »Che« entgegenblickte.

Von der Stadt Santa Clara wussten sie, dass dort am 26. Juli 1958 der Überfall auf den Zug *Tren Blindado*, der Waffen und Munition mit sich führte, stattgefunden hatte. Es war damals einer kleinen Zahl von achtzehn Guerilleros unter dem Befehlshaber Che Guevara gelungen, den Zug in ihre Gewalt zu bringen. So konnten sie ihre Anhänger bewaffnen und Santa Clara am 29.12.1958 erobern. Dieser Sieg bedeutete das Ende der Diktatur von Fulgenico Batista, der von 1940 bis 1944 als gewählter und von 1952 bis 1958 in Kuba als diktatorischer Staatspräsident regierte. In Santa Clara befanden sich das Museum, das Mausoleum und ein Monument von »Che«.

Nun also war ihre Freundin am Ziel ihrer Träume. Trotz ihrer schweren Erkrankung hatte sie es geschafft, hier in Santa Clara auf der großen *Plaza de Revolucion* zu stehen. Über den weiten Platz schallte die Originalstimme von »Che« in einer Rede, die er einst ans kubanische Volk gerichtet hatte. Der Frau lief ein Schauer über die Haut, denn die Stimme des verstorbenen Revolutionärs klang sehr charismatisch und lebendig. Über dem Mausoleum ragte eine sechs Meter hohe Bronzefigur auf, die Guevara in Kampfmontur darstellte. Daneben waren in einem Flachrelief Kampfszenen aus seinem Leben dargestellt.

Bevor sie das *Museo y Memorial Ernesto Che Guevara*, das als nationales Denkmal der kubanischen Revolution gilt, betreten durften, mussten sie alles abgeben, Taschen, Fotoapparat und alle persönlichen Gegenstände. Im Museum durfte dann nur noch geflüstert werden. Dort waren viele persönliche Dinge aus dem Leben Guevaras ausgestellt, Uniformen, Waffen, Kleidung, Bücher, Briefe etc. Seine Lebensgeschichte wurde anhand von Bildern und Schriften erzählt.

Dann war es soweit, sie betraten einen Raum, der einer Höhle nachempfunden war. Dort waren die sterblichen Überreste von Guevara in die Wand eingelassen. Außerdem waren dort auch die Gebeine von 38 Guerilleros bestattet. Vor seinem Schrein brannte eine Flamme, die einst von seinem Kampfgenossen Fidel Castro entzündet wurde und die seitdem niemals mehr erloschen ist. Che Guevara wurde 1967 in Bolivien ermordet, seine Leiche wurde aber erst 1997 gefunden, wurde dann nach Kuba überführt und mit allen Ehren beigesetzt.

Die Freundin war vollkommen von ihren Gefühlen überwältigt. Ihr größter Wunsch hatte sich erfüllt, sie stand vor dem Grab ihres Idols Guevara. Mit fester

Stimme bat sie nun die Frau, sie möge den Raum verlassen, da sie mit ihrem »Che« alleine sein möchte. Die Frau wunderte sich nicht über dieses Ansinnen, sie akzeptierte die langersehnte Zweisamkeit und ließ ihre Freundin in der Gruft zurück. Da außer ihnen niemand im Museum war, wurde diese auch nicht in ihrer Zwiesprache mit »Che« gestört.

Nach dem Museumsbesuch fuhr der Chauffeur die beiden Frauen zu einem Freund, dessen Familie sie reichlich bekochte. Anschließend ging es wieder im rasanten Tempo zurück ins Hotel. Da sie wussten, dass es in Kuba u. a. an Seife, Kugelschreibern und Bleistiften mangelte, schenkten sie dem Fahrer reichlich davon. Dieser freute sich sehr darüber und fuhr gut gelaunt mit quietschenden Reifen davon. Nach diesem Ausflug musste ihre Freundin zwei Tage das Bett hüten. Die Frau aber sollte nie erfahren, was diese ihrem Che erzählt hatte, denn sie behielt ihr Geheimnis für sich.

Dann kam der Tag, als sie mit dem Hotelbus nach Havanna gebracht wurden. Die Stadt wurde 1982 zum UNESCO Weltkulturerbe ernannt. Die Freundin hatte das First Hotel der Stadt das *Hotel Nacional de Cuba* gebucht. Dieses lag eindrucksvoll auf einem felsigen kleinen Hügel am *Malecon*, der endlos langen Strandpromenade der Stadt. 1988 war das Gebäude zum Kulturdenkmal Kubas erklärt worden. Die acht Stockwerke des Hotels erhoben sich über der Bucht von Havanna mit einer grandiosen Aussicht auf das Meer.

Das historische Gebäude wurde 1930 mit drei Restaurants, drei Bars, Wandelgängen, Palmengarten und zwei Außenpools gebaut. Die öffentlichen Räume waren äußerst luxuriös, schmiedeeiserne Aufzüge brachten die Menschen zu ihren Zimmern und Suiten. Es gab einen speziellen Raum, an dessen Wänden die Fotos von Hollywoods ehemaligen Schauspiel-Größen an der Wand hingen. Alle waren hier gewesen, Stars wie Buster Keaton, Marlene Dietrich, Johnny Weissmüller, Ernest Hemingway u. a.

Die Enttäuschung traf sie beide wie ein Schlag. Nach all dem Luxus, den sie im offiziellen Teil des Hotels gesehen hatten, entpuppte sich ihr Zimmer im 7. Stock als recht klein, schlicht und einfach. Der seitliche Blick aus dem Fenster rückte die andere Seite Kubas schnell ins Bild. Verfallene Häuser, Müll, Armut lagen ihnen direkt zu Füßen. Nichts war dort mehr von der ursprünglichen Pracht Havannas zu sehen.

Das Hotel hatte ihnen eine Stadtführung mit einer deutschsprachigen Fremdenführerin organisiert. Ihr Name war Maria. Sie erzählte ihnen, dass sie das Land noch nie verlassen hätte. Da Kuba einst eine enge Verbindung zur ehemaligen DDR hatte, wäre ihr in der Schule die deutsche Sprache nahegebracht worden. Maria zeigte ihnen vom Auto aus alle berühmten Gebäude und Plätze der Stadt. Die Architektur der Häuser erklärte sie ihnen, stamme aus der spanischen Kolonialzeit des 16. Jahrhunderts. So sahen sie die Festung *Castillo de la Real Fuerza*. Das weiße *Capitol*, in den zwanziger Jahren nach dem Vorbild in Washington D. C. gebaut, das *Gran Teatro de La Habana,* die *Catedral de San Cristóbal,* die *Plaza de la Revolución*, die einen 142 Meter großen

Obelisken mit der Sitzstatue José Martis aufweist. Dieser war ein berühmter Dichter und Freiheitsheld gewesen. Weiter ging es zum ehemaligen Umschlagplatz für den Sklavenhandel zur *Plaza de San Francisco* am Hafen, dann zur *Plaza de Armas*, auf der ein Künstlermarkt stattfand. Rast machten sie dann im *Café Floridita*, wo Ernest Hemingway, der 20 Jahre auf Kuba gelebt hatte, ein und aus gegangen war.

Auf Wunsch der Frau fuhren sie anschließend zum *Cementerio Cristóbal Colón*, dem größten Friedhof Lateinamerikas. Dort ging diese in Gedanken versunken alleine zwischen den weißen Steingräbern umher und dachte dabei an das Schicksal ihrer Freundin, die schwerkrank im Auto auf ihre Rückkehr wartete. Sie wusste, dass deren Lebenszeit begrenzt war und dass noch einiges an Schmerz und Leid auf sie zukommen würde. Von ihren Gefühlen übermannt, setzte sie sich an ein Grab und weinte still vor sich hin. Kein Mensch hielt sich auf dem riesigen Friedhof auf, und so war sie mit ihrem Kummer ganz allein.

Zurück im Auto wollte ihnen Maria noch das Diplomatenviertel zeigen. Sie sahen schöne, alte Villen mit wunderbaren Gärten. Die Stadtrundfahrt führte ihnen neben dem Bild der Stadt auch das Leben der Menschen vor Augen. Lebhafte Märkte, Musik und Gelächter und den bunten Verkehr mit den schrillsten amerikanischen Oldtimern. Trotz der vorhandenen Armut zeigte sich die Bevölkerung durchwegs fröhlich und ausgelassen. Schließlich verabschiedeten sie sich herzlich mit kleinen Geschenken von Maria. Deren exzellente Stadtführung hatte ihnen einen wunderbaren Einblick in die Welt Havannas gegeben.

Am nächsten Tag musste die Freundin wiederum das Bett hüten, da sie die Stadtbesichtigung zu sehr erschöpft hatte. Doch tags darauf, es war der letzte Tag des Jahres, wollte sie bereits wieder im Palmengarten des Hotels sitzen und sich von den Angestellten des Hotels hofieren lassen. Sie sagte der Frau, dass sie den Silvesterabend auf keinen Fall im Hotel verbringen, sondern irgendwo in der Stadt zum Essen gehen wolle. Ein Widerspruch war sinnlos und so bestellten sie bei hereinbrechender Nacht ein Taxi. Sie fragten den Fahrer nach einem netten Lokal, welches kubanisches Flair und typische Landeskost vorweisen könne. Schön wäre es auch, wenn es Live-Musik dabei geben würde.

So fuhren sie in die Innenstadt und wurden an einem etwas verfallenen Gebäude in einen mit kleinen Bäumen bewachsenen Innenhof komplimentiert. Alle Anwesenden waren unglaublich freundlich zu ihnen. Sie merkten allerdings schnell, dass sie die einzigen Touristen in dem Lokal waren. Im Nachhinein war sich die Frau sicher, dass der Taxifahrer sie zu einem Restaurant gebracht hatte, das einem seiner Verwandten gehörte. Wunschgemäß spielte eine Liveband mit vier Männern und einer Frau. Das Auffälligste an allem aber war, dass ein Pfau im Hof herum spazierte und Hühner in den Bäumchen saßen. Manchmal flatterten sie über die Tische hinweg. Ja, sie hatten sich kubanisches Flair gewünscht und ihr Wunsch war in Erfüllung gegangen.

Nun war es an der Zeit, das Essen zu bestellen. Da niemand der Anwesenden Englisch sprach, wurde dies ein schwieriges Unterfangen. Schließlich verstand der Kellner die Worte *typical, traditional* und *beer*. Die Freundin wiegte sich zur heimischen Musik, die die Musiker spielten. Dann gab sie der Frau den Auftrag, ihr Lieblingslied *Hasta siempre Commandante* bei der Band zu bestellen. Diese erfüllte sogleich deren Wunsch. Der Sänger kam sogar zu ihnen an den Tisch und ihre Freundin schmetterte das Lied lautstark mit.

Dann wurde das *typical traditional* kubanische Essen aufgetragen. Die beiden Frauen trauten ihren Augen kaum. Ein riesiger Fleischlappen, der sogar noch über den Tellerrand hinaus hing, stand vor ihnen. Dazu gab es angebrannte Kartoffeln und ein undefinierbares Gemüse. Sie schauten sich verdutzt an. So also sah ihr Silvester-Menü aus, sie wussten nicht, ob sie lachen oder weinen sollten. Selbst das Bier war kein Trost, denn es schmeckte eigenartig. Ihre Freundin aß nicht einen Happen, sondern fütterte heimlich den Hund, der inzwischen unter ihrem Tisch lag. Die Frau bemühte sich zwar, ein paar Bissen hinunterzuwürgen, doch auch ihr war der Appetit vergangen. Dankend verzichteten sie auf einen Nachtisch. Gottlob war die Musik recht beschwingt und gut anzuhören. Ihre Freundin klatschte stets begeistert mit und gab am Ende reichlich Trinkgeld.

Dann baten sie um ein Taxi und warteten draußen auf der dunklen Straße auf dieses. Da näherte sich ihnen eine seltsame Gestalt. Von der Statur her war es wohl ein Mann. Allerdings war sein Gesicht unter der wilden zotteligen Mähne nicht zu erkennen. Er hatte einen Rock an, der aus vielen Fetzen bestand und eine zusammengeflickte Jacke. In der Hand hielt er einen Stock, um den einige undefinierbare Gegenstände gewickelt waren. Schuhe trug er keine, aber an den Fußgelenken hatte er kleine Glöckchenbänder, die bei jedem Schritt klingelten. In gekrümmter Haltung tanzte er auf sie zu und umkreiste ihre Freundin mit wilder Gestik und Mimik. Bevor sie sich versahen, betatschte er deren gelähmten Arm und das kranke Bein. Er erhob seinen Stock und schüttelte diesen über ihrem Kopf. Dabei stieß er unverständliche Zischlaute aus. Sie erschraken sehr über das Verhalten dieser sonderbaren Gestalt und atmeten auf, als ihr Taxifahrer kam und den Mann sogleich davonscheuchte. Dieser entfernte sich daraufhin hinkend und lautstark vor sich hin fluchend.

Zurück im Hotel fiel ihre Freundin sofort erschöpft in einen tiefen Schlaf. Die Frau aber stand um die Mitternachtsstunde des neuen Jahres einsam am Fenster und schaute auf das trostlose Stadtviertel, das vor ihr lag. Silvester in Havanna, sie hatte sich das irgendwie anders vorgestellt.

Der vorletzte Tag ihres Aufenthaltes in Kuba war angebrochen. Für den Abend stand noch ein Besuch im berühmtesten Revue- und Cabaret-Theater von Havanna an. Das *Tropicana* war in der ganzen Welt berühmt. 1939 gegründet, versprach es das beste Tanzensemble Kubas mit akrobatischen Einlagen und heißen kubanischen Rhythmen zu bieten. Ein Freiluft-Nachtclub mit einem farbenprächtigen Programmspektakel.

Als sie am Theater ankamen, wurden sie zu ihrem Platz geführt, ein Tisch direkt an der Showbühne. Jede von ihnen bekam eine Flasche Cola und ein Fläschchen des berühmten Havanna-Rums. Die Frau, sonst eher dem Alkohol abgeneigt, fand die Mischung von beidem so lecker, dass sie dem Getränk fleißig zusprach. Da ihre Freundin wegen ihrer Medikamente keinen Alkohol trinken durfte, übernahm sie deren Fläschchen auch noch. Inzwischen lief die Vorstellung auf vollen Touren. Die schönsten Menschen, in phantasievolle Kostüme gekleidet, mit Kopfschmuck von gigantischem Ausmaß, tanzten über die Bühne. Artistische Darbietungen wechselten sich mit verschiedenen Show-Einlagen ab. Die Stimmung der Besucher war grandios, der Rum zeigte bei allen seine Wirkung. Am Ende der Veranstaltung, als die Zuschauer nach Zugaben brüllten, gingen die Tänzerinnen ins Publikum, um an Ort und Stelle mit diesem zu tanzen.

Auch die Frau wurde zum Tanz aufgefordert, doch im Gegensatz zu den anderen wurde sie auf die Bühne hinauf gezogen. Sehr schnell bemerkte sie, dass ihr Gegenüber keine Frau, sondern ein äußerst attraktiver Jüngling war. Er tanzte zuerst mit seiner Federboa um sie herum und ging dann zum Paar-Tanz über. Sie hatte den Rum im Blut und dachte, komm nur her, du schöner Schwan, du kommst mir gerade recht. So übernahm sie sofort die Regie und da Bauchtanz ihr Hobby war, packte sie den jungen Mann fest um die Taille, schob ihm ihre Hüfte zwischen die Beine und zeigte ihm, welche Wirkung eine Hüftacht, ein Hüftschwung, ein Mondkreis, eine

Beckenwippe etc. erzeugte. Dieser war so verdutzt, dass er sich ihr zunächst willenlos überließ. Inzwischen war das Publikum auf das Spektakel, das sich auf der Bühne abspielte, aufmerksam geworden und grölte vor Vergnügen.

Da wurde der Tänzer sich seiner Lage bewusst, er merkte, wie er vorgeführt wurde, riss sich von der Frau los und verschwand hinter der Bühnenkulisse. Sie aber verbeugte sich charmant vor den begeisterten Zuschauern und ging zurück zu ihrer Freundin. Diese war von ihrem Auftritt hingerissen. Nur schade, dachte die Frau, dass niemand ein Foto gemacht hatte, und so gab es leider kein Zeugnis von ihrem spektakulären Auftritt im *Tropicana*, auf der bekanntesten Bühne Kubas.

Der Tag der Abreise war gekommen. Mit gemischten Gefühlen nahm die Frau Abschied von Kuba, diesem wunderbar vielfältigen Land. Auf der einen Seite hatte sie viele neue Eindrücke gewinnen können, auf der anderen Seite war sie nie frei gewesen, das zu tun, was ihren Bedürfnissen entsprochen hätte. Sie erkannte, dass sie ihrer Freundin zwar geholfen hatte, am Grab ihres Idols Che Guevara zu stehen, doch in erster Linie war sie von dieser als Krankenschwester gebraucht worden. Sie war die ganze Zeit an ihre Freundin gebunden gewesen. So hatte sie Kuba, bis auf die paar Minuten auf dem Friedhof, nie alleine und nach ihren Wünschen erleben können. Als sie im Flugzeug noch einen letzten Blick auf Havanna werfen konnte, schwor sie sich: Eines Tages komme ich wieder, aber dann frei und unabhängig, nur zu meinem eigenen Vergnügen.